性を書く女たち

インタビューと特選小説ガイド

いしいのりえ

青弓社

性を書く女たち――インタビューと特選小説ガイド

目次

第2部　オススメ官能小説レビュー――〝女〟って、こんなにおもしろい！

【第1章　性】

【第2章　女】

【第4章　妻】

【第5章　入門篇】

装画――いしいのりえ
装丁――Malpu Design［清水良洋］

はじめに

みなさんは「性を題材にした小説を書く女性」というと、どのような人物像を思い浮かべるでしょうか。その方の容姿や生い立ちなど、あらゆる想像を膨らませてしまうのではないでしょうか。

かくいう私も、その一人でした。

性というのは人間の本能であり、自分でもコントロールがきかない感情でもあります。そんな性を題材にして小説にするからには、並大抵のパワーの持ち主ではないはず、と興味を抱くようになりました。

まず第1部「性を書く女たち――官能表現に思いを込めて」では、小説界の第一線で活躍する九人の作家にインタビューをしています。どなたも魅力的で個性あふれる方々ばかりで、あっという間に取材時間が過ぎてしまったことを覚えています。

八人の女流作家のほか、特別付録として、人気官能作家の草凪優さんのインタビューも所収しました。

そして第2部「オススメ官能小説レビュー――〝女〟って、こんなにおもしろい！」では、私がおすすめする官能小説や性を題材にした小説を紹介します。

性、女、愛、妻、そして入門篇と、五つの章に分けてみました。気になったジャンルから読んでいただき、小説を買うときのヒントにしていただけるとうれしいです。

第1部でお話を聞いた方々の作品も取り上げていますので、ご本人のインタビューを読んでから、第2部でその作家が書いた小説の内容を知るのもおもしろいですよ。

この本がきっかけで、性を読む楽しさ、おもしろさにますます触れていただけるとうれしいです。お気に入りの作家と、お気に入りの一冊が見つかりますように。

第1部

性を書く女たち

――官能表現に思いを込めて

〝セックス〟をテーマとして小説を執筆している女性作家たち。彼女たちは性や恋愛、セックスに対して、人よりも強い思い入れ、ときに疑問やわだかまりを抱えていることもあります。言葉にして吐き出さずにはいられなかった女性作家の思いを、過去の恋愛や作品の話とともに聞きます。

花房観音インタビュー

「穴さえあれば女なんだ」
――作家・花房観音が劣等感の末に見いだした真実

花房観音『花祀り』（無双舎、二〇一一年、〔幻冬舎文庫〕、幻冬舎、二〇一三年）

第一回団鬼六賞大賞受賞作である『花祀り』は、京都に息づく秘めやかな悦楽をあでやかに描いている。和菓子職人の見習いをしている美乃は、師匠である松ヶ崎にとある一軒家に連れていかれ、そこで繰り広げられている「大人のたしなみ」に魅せられていく……。

生前の団鬼六が同賞授賞式でじかにその才能を称賛した著者・花房観音さんに、ご自身のセックス観を交えながら、本作品について語ってもらった。

――官能小説を執筆されたのは、本作品が初めてなんですね。

花房観音　そうなんです。男性を勃起させて抜かせることが目的である官能小説は自分には書けないと思っていました。ただ、大好きな団先生の名前が付いた賞で、先生自身が選考委員を務められるというので応募しました。

――女性作家による官能作品は生々しい性や現実的なテーマを書いているものが多いですが、『花祀り』は非日常的な世界観を内包した、重層的な作品です。

花房　京都という舞台があったからだと思います。京都にはいまでも著名人や文化人が多く住んでいらっしゃいますから、地元の方には「このような世界は現実にあるのでは？」と言われることがあります。けれどすべて想像の世界で、まずは京都という舞台、そして和菓子……と設定を作り上げていきました。

――作品を読んで驚いたのは、和菓子を作る手の動きのなまめかしさです。

花房　女性は、男の人の指を性的な視線で見ると思うんです。タバコを吸っている指先とか……。洋菓子と違って、弾力があって指でこねて造形する和菓子は、独特のいやらしさがあるんじゃないかな、と思ったのがきっかけです。

――ストーリーの展開に目を向けて見ると、主人公・美乃と師匠・松ヶ崎の愛憎だけで十分に官能小説としては成り立ちますが、さらに美乃が羨望と裏腹の憎しみの感情を抱いている女性、由芽を登場させていますね。

花房　「男と女の支配」の話だけにはしたくありませんでした。確かに美乃と松ヶ崎だけで話は成立しましたが、それだけでは自分自身が書いていいておもしろくない。男女のなかにもう一人女性が入ることで、女性が〝勝つ〟作品にしたかったんです。団鬼六先生の作品も、最初は女性が男性に攻められているのですが、いつの間にか男性が〝攻める〟というより、女性の〝後押し〟をしているという展開になっています。団先生が描くSMは女性賛美なので、私も最終的には女性が勝つ物語にしようと思いました。ほかの賞であれば別の作品を書きましたが、団鬼六賞だからこの作品を書きました。賞自体が第一回なので「傾向と対策」もありませんでしたから、団先生の作品からヒントを得たという感じです。

――団先生とは異なる、花房さんご自身のオリジナリティーとは？

花房　京都を舞台にしたいというのは強く思っていました。あとは、美乃が由芽に抱く嫉妬の感情でしょうか。強く意識したわけではないのですが、冴えないルックスでただ男性に攻められるだけだった美乃が最終的には美しくなり、攻める側に変わっていくという物語は女友達に共感してもらえました。そのぶん、自分でも「男性が書けてないな」という思いもありますが。

――そうおっしゃいますが、『花祀り』のなかでも異常な性的嗜好をもつ僧侶・秀建を描いた「花散らし」には圧倒的な世界観がありました。

花房　「花散らし」は、とにかく書いていて楽しかったです。秀建は自分に近いキャラクターなんですよ。コンプレックスがあって、努力して、復讐をする。ただのエロ坊主じゃないぞ、という（笑）。

――総じて『花祀り』には、常識やモラルを超えた「性愛至上主義」のようなものを感じました。花房さんご自身はセックスをどのようなものだと考えていますか？

花房　根本的にはものすごく保守的な性愛観をもっています。両親の影響からか、処女を捧げた男性と結婚するものだとずっと思っていましたし（笑）。けれどセックスにはすごく興味があったので、少年マンガやアダルトビデオを見て興奮していたり……すごく矛盾していましたね。セックス＝愛という部分と、そうでない部分とを両方感じていました。そういった混沌としたものがセックスではないかと思います。セックスって本当に不条理なもので、恋人とのセックスよりも、その日限りの相手とのほうが気持ちいいこともある。理屈じゃないですよね。そういう不思議な部分をもっているのもセックスのおもしろさだと思います。

――『花祀り』ほどの特異な世界は現実にはないにしろ、セックスと感情が折り合わない場面というのは多いです。

花房　セックスは人生を左右する行為だと思うんですけど、どうしても女性の「性」はないことにされるか、逆にヤリマンや娼婦として語られるなど、両極端なんですよね。男性のセックス観は変わらずに保守的で「女性は、好きな相手とじゃないとできない」という考え方が強い。ただ、望まない妊娠など、女性にはセックスにリスクが大きいのと、男性が女性より優位に立ちたいがために、女性の性欲は封じ込められがちです。本当は男も女も性欲のあり方はそう変わらないのに。それぞれの価値観がわかりやすく表れるのがバイブです。女性が作ったバイブは、機能的でオシャレなデザイン。男性が作ったバイブはとにかく太くて、イボイボが付いてたりする。女にとってのバイブは気持ちよくなるための道具なんですが、男性にとっては女を支配するための自分の分身なんですよね。

――ご自身にコンプレックスがあったというお話でしたが、処女喪失の際も男性にお金を払ったそうですね。

花房　初体験の相手は二十二歳上の男性でしたが、初めて私に興味をもってくれた相手だったんです。そのときは二十四歳で、この人を逃すと一生処女のままだと思って。初体験のときは六十万円、クンニしてもらうためには三十万円を払いました。その男に「俺のかわりに借りてくれ、必ず返すから」と頼まれたんです。金融業者が一社二十万円しか貸してくれなかったので、三社に借りましたよ！（笑）。処女を捨てられたということにホッとはしましたが、前戯もない、ただ入れるだけのセックスでしたので、ぜんぜん気持ちよくない。その後もお金を要求され、渡したときだけセックスしてくれました。だからサラ金への借金は膨れ上がり、生活は破綻して人生が狂いましたね。お金はほとんど返ってきませんでした。

――なぜそこまで強いコンプレックスを抱いていたんですか？

花房　自意識過剰で、同世代の周りの人とも話が合わず、劣等感が異常に強かったんです。当時はインターネットが普及してない時代ですから、私だけがダメなんだと思っていました。処女ではなくなったことで多少は楽にはなれましたが、根本的には変わりませんでした。処女喪失の相手の彼とはわりと長い間付き合いを続けましたが、その後は、それまで抑えつけてたものが爆発して、たくさんの男性とセックスしましたね。一回限りの相手も多いです。恋愛感情抜きで多くの男性とセックスをすることで、自分のような女でも男性の性的な欲望の対象になるんだということがわかって、また、お金をくれる人もいたので、自分にはそれだけの価値があると思えて精神的にすごく救われました。それまでは「モテ」に対する劣等感が強かったんですが、「女って、穴があれば女なんだ」と気づいたんです。「セックスは生物学的なもので、穴さえあればセックスはできる」。そう気づいたら、すごく楽になれました。

――花房さんが付き合った彼は特異な例ですが、セックスレスなど「男性が相手にしてくれない」と悩む女性も多いですね。

花房　〝お姫様〟になりすぎている女性が多いのでは？　男性は女性のわがままに対して寛大ですが、その立場に甘えていると男性は追い詰められて疲れてしまう。極論を言うと、単純にセックスがしたければ一人の男性に執着しなければいいだけの話です。でも私も一回だけの相手とセックスしたこともありますが、ヤったからといって自分が抱えている問題が解決するとはかぎりませんでした。どうしても保守的な価値観がじゃまして、純粋に〝セックス〟という行為としては楽しめなかったこともあります。条件が合う相手で、互いにコミュニケーションができて、恋愛感情をもたずにセックスを楽しめる――セックスフレンドってよくいうけれど、そんなに割り切れるもの？と疑問に感じます。どちらかの感情が入ればすごく心が掻き乱される行為ですからね。あと、あまり語られませんが、セックスが嫌いな人も多いですから。そういった人たちにはしんどい世の中だろうなと思います。

――女性が性欲をコントロールするのはとても難しいのかもしれません。男性は射精すれば満たされるけれど、女性はより複雑です。

花房　でも、いくら相性がいいパートナーやセックスフレンドがいても、性欲が百パーセント満たされることはないと思うんです。それが逆に生きるモチベーションになるのかもしれません。

――では、幸せなセックスって、どういうものなんでしょう。

花房　セックスを通して自己顕示欲や承認欲求を満たしている女性は多いですね。そういう女性は本当にセックスが好きなわけじゃない。セックスを手段にしたり利用したりして優位な環境を作っているだけ。そういったマウントのとり方が性欲なのか、セックスが好きなのかは疑問ですし、悲しいですよね。だったら一人の男性とイヤというほどヤりまくって、奥の奥まで快楽を追求するほうが幸せです。そういう男性と巡り合うためには、ハードルを落として男性と知り合う機会を増やすしかないと思います。よく年下の女性に言っているんですが、「彼氏ができない」と女子会で慰め合いをする暇があるなら、男と二人きりで会う機会を増やしたほうがいい。いろんな経験をしましたが、やはりセックスはいいものだと思うし、快楽を知らないまま死ぬのはもったいないと思います。

花房観音（はなぶさ・かんのん）
兵庫県生まれ。京都市在住。京都女子大学文学部教育学科中退後、映画会社、旅行会社、アダルトビデオ情報誌での執筆などさまざまな職を経て、二〇一〇年、第一回団鬼六賞大賞を「花祀り」で受賞。著書に『愛の宿』（文藝春秋、二〇一六年）、『京都恋地獄』（ＫＡＤＯＫＡＷＡ、二〇一六年）など多数。

うかみ綾乃インタビュー

「男はバカ」と悟った初体験、不倫同棲、父との確執
――官能小説家が明かす「セックスを書く私」

うかみ綾乃『贖罪の聖女』(イースト・プレス、二〇一四年)
自らのせいによる事故で、植物状態になってしまった妹の看病をしている紗矢。妹の延命措置のため、勤め先の社長・高本の家に住み込み、高本の異母弟・零士の私娼になる。零士は病弱で、五歳のときから家を出ることなく高本と二人暮らしをしてきたという。そんな謎に包まれた兄と弟の秘密を、紗矢は暴いていくが……。

――『贖罪の聖女』では、まるで母親のような包容力で零士の性欲を受け入れる紗矢が印象的でした。うかみさんの作品には、むちゃくちゃな男のすべてを受け入れる女性がよく登場しますよね。

うかみ綾乃　人と人が愛し合うことは、すなわち相手を受け入れ合うことともいわれますが、実際は、人それぞれに許せないことやプライドがあって、相手を受け入れることはなかなか難しい。でも、もがきながら、それらをすべて取り去って、人が相手を受け入れるところまでを描きたいなとは思っています。私自身には包容力が足りず、だから結婚もしていないんですが(笑)。

――うかみさんが、もともと包容力のかたまりのような女性だから、そういう女性を描けるのかと

思っていました。

うかみ　母性が最初からある人なんていませんよ。紗矢の場合も、植物状態になっている妹の存在によって欠落した心のなかの部分を零士で埋めているんです。零士に母性を注ぐことで、妹への償いをし、快楽を得ようとしているところがある。私には子どもはいませんが、母性って、どこか自分の欠落した部分を埋めようとする行為じゃないかな、と思います。私が相手をすべて受け入れるという作品を書きたいのは、それが人間にとって、自らをも受け入れ、許すことにつながると信じているからです。たとえ社会的には間違ったかたちであっても。

——うかみさんご自身も、男性に尽くしてしまったことはありましたか？

うかみ　尽くしている最中は気づかないんですけど、ふと、あとで思い返したら「お金取られてたな」ということは（笑）。あるとき付き合っていた彼は、既婚者だったんですけど、ちょっとパラノイア的なところがあって、突然、家を出てきてしまって、気がついたら一緒に住むことになっていたんですよ。別れようとするとその人の精神状態がおかしくなる一方で、結局、七年間、別れられずにいました。

——七年間！　その間、どんな心境だったんでしょうか？

うかみ　やっぱり少し病みましたよ（笑）。相手の奥さんも苦しめているし、自分の親も悲しませているし。でも、彼は当時の仕事に関わりがある男性で、さらに一緒に住んでいたこともあり、生活をすべて捨てる勇気もなくて。そういう自分の弱さに嫌気が差していました。その七年間で彼のことが好きだったのは、最初の三カ月くらいです。そのあとはどんどん相手も自分も軽蔑することになって、まるで傷つけ合うために一緒にいるような生活になっていました。

――壮絶な経験ですね。

うかみ　しかも相手も、私との生活が行き詰まったせいで、だんだん仕事ができなくなってしまったんです。そうすると、子どもの養育費なども払えなくなってしまって……だから私が、彼の家に毎月お金を用意していました。総額は言えませんけど、マンションは買えるくらいかな。最終的にその男性はストーカー化したんですが、逃れる手助けをしてくれた男性を次に好きになったんです。ところがその男もこっそり私のカードでキャッシングしていたという……（笑）。そんなことも、いまでは「ネタにできるからまあいっか」と思っています。

――ちなみに、うかみさんの最初の男というのは……？

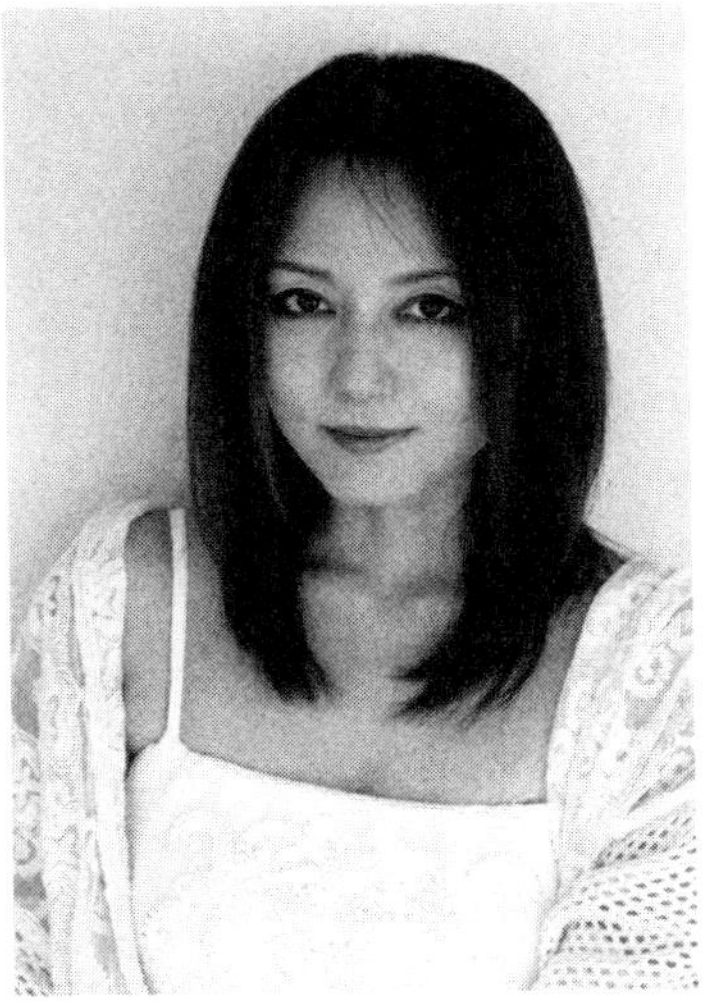

うかみ　二十代のときに最初に付き合った彼ですね。手をつなぐのも、キスするのも、セックスするのも、全部一日ですませました。初めてのときは、ただ痛いだけで、「痛い」と小声でつぶやいたら相手は「イク」と勘違いしてしまって、喜んでたんです（笑）。そのとき、「男ってこんな単純なことで喜ぶんだ」「男ってかわいいくらいバカだな」と感じました。

――うかみさんのセックス描写は、「肉と肉のぶつかり合い」という言葉が似合うので、ご自身もそうなのかと思っていたんですが、意外にもあっさりした感想なので驚きです。作品では、女性作家にありがちな〝心理描写だけ〟でなく、きっちりセックスシーンも書いていますよね。

うかみ　私自身は、挿入行為そのものに重きを置いていません。なぜ私が官能小説を書いているかというと、セックスに対するネガティブな気持ちを大切にしたいから。誰もがセックスをしたいわけでも、感じるわけでも、イケるわけでもありませんよね。人によっては、コンプレックスや自分の根源であるいやな部分が性というものに詰まっているし。それを、書くことで救いたい、読者と共有したいという思いもあります。

――うかみさんにとって、どういうセックスが理想的なんでしょうか。

うかみ　セックスって、バカになって無になる行為だと思うんです。現実逃避かと思われるかもしれませんが、その逆で、私はセックスによって現実をつかみたい。普段の生活では、人間関係でも仕事でも、本音を隠さざるをえないこともありますが、そういうもののすべてを取り払って素の自分になるのが、セックスだと思っています。そこまで裸になれる相手と出会うのは、なかなか難しいですけどね。

――零士もそうでしたが、うかみさんの作品には、無邪気で純粋な男性キャラクターがよく登場します。

うかみ　それは父親の影響でしょうね。父は心に嵐を抱えて生まれた人で、私のことをよく殴っていたので、理不尽な暴力に対する憎しみと、邪気がないものへのあこがれが強いのだと思います。父は、自分の娘である私のことを溺愛していたけれど、父が考える「娘」の枠から私がはずれるとつぶしにかかってきました。

でもいまでは父とは仲良しですし、私の理想のタイプは父親なんです（笑）。暴力を振るう父は大嫌いでしたけど、人からは愛され、慕われるタイプでした。何でも自分で切り開いていくような行動力もあり、私は父が抱えた嵐を含めて引かれてもいます。

――まさに「愛憎入り乱れた」感情を、お父さんに抱いているんですね。

うかみ　私がいま、作家の仕事ができるのは、父のおかげであるところが大きいと思います。相撲や柔道の大会で優勝するような父と腕力で向かい合うことは無理だったので、私は父の心をえぐるような言葉で反撃しようと試みたり（笑）。これは、強者と弱者、互いの傲慢や卑屈を考える訓練にもなったし、愛しているけど憎い、信じられないけど愛している、というような、人の矛盾を受け入れる演習にもなりました。

――過去のことがありながらも、お父さんを受け入れ、それを原動力にして執筆しているのですね。

うかみ　父がしたことを受け入れるのではなく、やはりそういった経験をした自分自身を受け入れているといったほうがいいですね。父との間に起こったことは、「しょうがない」と思うようにしています。「しょうがない」という言葉は、すべてを肯定するように感じる、私がいちばん好きな言葉です。「しょうがない」ことにこだわりながら、受け入れていく作業が、私にとって「書く」という行為です。

うかみ綾乃（うかみ・あやの）
大阪府生まれ、奈良県育ち。二〇一一年、『指づかい』（幻冬舎）でデビュー。同年に『窓ごしの欲情』（宝島社）で日本官能文庫大賞新人賞、一二年に『蝮の舌』（小学館クリエイティブ）で第二回団鬼六賞大賞を受賞。気鋭の作家として、注目を集めている。

南綾子インタビュー

「一生セックスなしでも三日泣くだけ」
――官能を描く作家・南綾子、その意外なコンプレックス

南綾子『つばめくん』（『密やかな口づけ』〔幻冬舎文庫〕、幻冬舎、二〇一四年）

産婦人科の受付で働いている紗江は、長年不倫している長島の身勝手なセックスに飽きていた。そんなとき、職場の待合室で見かけた高校生ぐらいの少年のことが気になり始める。妊娠中の母の付き添いとしてやってきたその少年〝燕君〟に、紗江は図らずも引かれていってしまうのだが……。

――南綾子さんは、第四回女による女のためのR－18文学賞で大賞を受賞されたことがデビューのきっかけでした。当時、この賞には「女性による女性のための官能小説」という応募制限がありましたが、そのテーマに興味をもつようになったきっかけは何でしたか？

南綾子　「人と性欲」に興味がありました。性欲によって人生を狂わされることがあるというのが、ずっとおもしろいなと感じていたんです。例えば権力者だったら、性欲による一晩の過ちで、人生が転落してしまうかもしれない。子どもを残すための必要欲求であるはずの性欲なのに、人を滅ぼすこともありうるというのが、十代の頃から不思議でした。

性欲でいえば、二十歳くらいの処女、いわゆる「喪女」の性欲が気になって、そういうものをモチ

ーフに短歌や小説を書いていました。

――「つばめくん」に登場する高校生くらいの少年・燕君もまた、性欲に翻弄されていました。

南　無自覚な色気、というんでしょうか、自意識が出てくる前の少年の色気を書こうと思って、燕君を書きました。いまの年齢になると二十代の男の子と付き合うことは難しくなってきますから、手に入れられないものに対するあこがれは強くあります。

――そんな燕君の描写に、南さんの「男」というものへの愛を感じたんですが。

南　それは初めて言われました！　よく「どうしてこんなキモい男が好きなの？」とは言われますが(笑)。官能小説を書いている女性って、潔癖性のような感じで、実は男嫌いな方がけっこう多くて、だからこそフィクションでそれを昇華しているんですよね。私はもともとファンタジックなものが好きではないし、男と女の間に幻想を抱かないタイプなので、誰にでもある感情でないと書けない。私はたぶん、〝普通〟の視点で書いているんだと思います。

――セックス描写はどうでしょう。体調が悪い紗江に対して、不倫相手の長島が言う「ちんちん入れたら治るかもよ」が、なんとも的はずれで衝撃的でした(笑)。南さんにとって、べつにセックスが男とのゴールではないんだなと思いました。

南　そうですね、私はセックスがゴールではないと思うし、男性とはセックスしなくても一緒に寝ていられる関係になりたいと思います。「しない」という選択肢がとれる関係が理想ですね。ただ、セックス描写では、普段それほどセックスのことを考えているわけではないという普通の女性が、ふとボルテージが上がる瞬間を書きたいと思っています。男性向けの官能小説では、女は四六時中発情しているみたいな書かれ方をされますけど、現実にはそんなことってありえないでしょう。普段はいろいろなことに時間を取られて疲れている女の人が、パッとスイッチが入るあの感じを、私は書きたいです。

――セックスシーンが、リアリティーある淡々とした描写である一方、紗江はよく知りもしない燕君を家に呼んだり、ご飯を食べさせてあげたりと、非現実的なまでに積極的です。南さんの作品では、セックスをするきっかけを作るのは女性の場合が多いですよね。

南　私は男女関係だと流されちゃうタイプなので、そこにはもしかしたら私の願望が込められているのかも。私は、私生活で男の人に「お前」と呼ばれることはないんですけど、小説のなかではしょっちゅう女の人を「お前」と呼ばせています。つい癖で書いちゃうんですけど、私自身は男の人に呼び捨てにされたこともないので、もしかしたら願望なのかもしれませんね。でも「お前」と呼ばれてみたいというのも、普通の恋愛の延長上にある願望かなと思います。

――先ほどから、「普通」という言葉がよく出ていますが、南さんにとって「普通」の恋愛とは?

南　「二十代のときにずっと彼氏がいない」とか、「三十過ぎても処女」とか、そういうのではないということです。思春期を経て年齢を重ねながら、同時に恋愛経験も重ねているというのが「普通」だと感じます。そういえ

© an-ago

ば昔、「官能小説を書く女の人って、ぜんぜん経験がない人か、ヤリまくっている人のどちらか。南さんみたいに、普通に何人かと付き合ってセックスをしてきたような人はまれ」なんて言われましたね。私は性的な人間ではないんです。「性欲がない」とは言いませんけど、一生セックスできないと言われても、三日くらい泣いて、それだけだと思います。

――性的な人間ではない……とすると、燕君のような幼くてダメな男を〝包んであげたい〟という欲望はありますか？

南　それはないです。ダメ男を許容することに、女の器の大きさは感じません。むしろその男を踏み台にする心意気をもちたいぐらい（笑）。私、長く付き合った年上の男性が躁鬱病だったんです。付き合って三年目くらいまでは、鬱のほうがひどかったんですが、どんどん躁状態の時間が増えていき、その状態の彼を受け入れられなくなってしまいました。躁状態の人って、ものすごくテンションが高くて、自分勝手なんですよ。彼がぜんぜん私のほうを向いていない気がして、「私っていなくてもよくない？」と思い、別れを切り出しました。「どんなダメな彼でも、私は添い遂げる」とは思えませんでしたね。

若い男の子を「愛でたい」という気持ちもなくて、それよりも、若い男の子たちに「愛されたい」。若い男の子って、性欲と感情がごちゃ混ぜになっていますよね。三十代の男性って、礼儀として女性に「私は、あなたのことを性的にだけ見ているわけではありませんよ」という態度をとりますけど、そうではなくヤリたいというストレートな感情を真正面からぶつけられたら、すごく幸せだろうなと思います。女として。

——南さんご自身は性的な人間ではないけれど、女として性的に見られたいという願望があるのかもしれません。

南　私、「生まれ変わったら、燕君のような何も考えていないチャラい男になりたい」と思うんです。黙っていても、女が寄ってくるというか……。そういう人と付き合いたいというよりも、「そういう男の人になりたいな」という願望が強いかもしれないです。

男の人がいろいろな女の人とヤリまくるのって、生物学的には正しい気がします。つまり、そんな「素直に行為を実行できる」人にあこがれるんです。一方で、女の人が経験人数を重ねるのって、私は、「精神的に不安定だからじゃないか？」と感じてしまって……。そういう意味でいうと、「大物を一本釣りする」タイプの女性にはあこがれますね。大物一本釣りをするためだけに全精力を捧げて、職業やファッションも何もかも選択する……という。そういう女性って、誰かからツッコミを入れられても、自分を貫く強さがありますよね。私はそうはなれないから、うらやましい。

——そもそも、なぜそういう女性にあこがれをもつようになったのでしょう。

南　県民性ですかね。私、地元が愛知県の名古屋なんです。名古屋の人って非常に保守的で、狭いコミュニティーのなかで、互いを意識し合っているんです。「マンションか戸建か、戸建でも土地から買ったのか建て売りか」なんて比較し合うような県民性がある。ほかにも、「トヨタやデンソーに勤めている人が偉い」という独特の価値観もあったりする。私もそんな県民性に影響されて、非常にコンサバティブな面がありながら、「でもやっぱり、おもしろいほうがいいじゃん」というリベラルな面も併せ持っているんです。

誰かと付き合うにしても、「親に会わせたらどう思うだろう?」「友達の旦那と比べるとどうだろう?」という保守的な考えにとらわれてしまいますが、だからって、条件がよくたって気持ちが乗らない場合もある。コンサバかリベラルか、ゼロか百か、どちらかに振り切れたら幸せだなと思うんです。私は、いつも客観的に自分を見て、ちまちまとしたことばかり考えてしまうので、本当にいやなんですよ。

——でも、その客観性こそが、女性読者の気持ちいいところを敏感にキャッチしている気がします。

南　そうですか?　恋愛もセックスも常に客観的に見すぎるというのは、作家としてはいいかなと思いますが、女としてはちょっと……(笑)。「小説を書いて残す」という行為は、やっぱり生物学的に正しくない、ムダなことだなと私は自分に対して思います。私はいつも「もう少し溺れないといけないな」と感じてしまうんですよね(笑)。

南綾子(みなみ・あやこ)
愛知県生まれ。二〇〇五年、「夏がおわる」で第四回女による女のためのR-18文学賞大賞を受賞。著書に『夜を駆けるバージン』(光文社、二〇一一年)、『わたしの好きなおじさん』(実業之日本社、二〇一三年)、『マサヒコを思い出せない』(幻冬舎、二〇一三年)などがある。

深志美由紀インタビュー

「駆け落ち」「熟女パブ」「別居婚」
――波瀾万丈の官能作家が語るSMの扉を開いた男

深志美由紀『美食の報酬』(〔講談社文庫〕、講談社、二〇一四年)

ぱっちりと大きな瞳、すっと通った鼻梁。料理の腕前も夜のテクニックも最高の妻・輝美とともに幸せな結婚生活を送る堀川。しかし、「理想の結婚生活を見せてやる」と会社の後輩を家に招いた夜から、輝美の様子が一変する。不可解な行動をとりだした輝美に、堀川は……?

――短篇集である『美食の報酬』から、表題作についておうかがいします。序盤、理想の妻として描かれる輝美ですが、実はとんでもない過去をもっていたという作品です。あこがれの男と結婚するためだったら手段を選ばない――そんな女の狡猾さが前面に出ている作品だ、と感じました。

深志美由紀　この短篇集に収録している六作品は、どれも〝女の狡猾さ〟が出ている作品ばかりです。私は男性の一人称で小説を書くことがけっこうあって、それも「男性が女性に騙される」という話を書くのが好きなんです。

さらに私は、イヤな女の話を聞くのも大好き。例えば、「旦那が不倫してる」と友達に相談されたら、表面的には友達に同情しながらも、不倫相手の女に興味が湧いちゃう。不倫中の女性って、自分の矛盾点は棚上げして、自分自身をも騙して自己正当化していくイヤな面があるじゃないですか。私はそれに対して、「イヤな女だな」「バカだな」と思うのではなくて、「どうやって自分を正当化しているんだろう?」などと考えてしまうんです。

――『美食の報酬』もそうですが、最終的に男女関係で、女がマウントポジションをとるという作品をよく書かれていますよね。

深志　自分はどちらかというと、男にやられっぱなしでしたけど(笑)。世間の男女関係って、実は女性のほうがマウントポジションをとっていることのほうが多いような……。私はそうでないぶん、マウントをとる女性にあこがれます。そういう女は怖くも見えるけれど、怖いもの見たさでつい引かれてしまうんですね。

――深志さんが官能小説を書くにあたって、影響を受けた作品はありますか。

深志　中学生の頃に読んだ、村上龍さんのSMをモチーフにした小説が、読書体験のなかで激しく印象に残ったのだと思います。思春期に読んだエロをいまでも引きずっているんです。『ゆっくり破って』(イースト・プレス、二〇一三年)の主人公も、子どもの頃に見た父親所蔵のSMビデオに影響されてM願望をもつようになった女性で、団鬼六賞優秀作を受賞した『花鳥籠』(無双舎、二〇一一年)も、幼い頃に父親にいたずらされた過去をもつ女性が、少年と主従関係を結ぶというものです。

――〝SM〟というのが深志さんのなかで一つのテーマとしてあるのでしょうか。

深志　まず私自身がMなんですが……。Mの女性は「父親との関係に問題があるのではないか」「与えられるべき父性が欠如しているのではないか」というのが、私の永遠のテーマです。恋愛関係で男性と主従関係になるというのは、「守ってもらう」ことだと思います。父子の間では当たり前の行為、例えば「叱ってもらう」などを、幼い頃に受けていなかったり、逆に虐待されていたり……。そんな幼少期に父性が欠けた環境にいた女性が、Mには多いのではないかと昔から感じています。よく、縄で縛られたいと願うのは、「きつく抱き締められたいからだ」といわれていますよね。

私も問題がある家庭に育っています。母が再婚したんですが、義理の父とウマが合わなかったというのがトラウマなんです。義理の父は、血がつながっている連れ子の姉にはとても優しいんですが、私や母親とは血縁がないので、モラルハラスメントで圧力をかけて束縛しようとしていたんですね。

――Mの女性に興味がある一方で、男より優位に立つ女のほうにあこがれているというのは、どういうことでしょうか。

深志　男女関係でマウントをとることと、性的にSになることはイコールではないと思います。私は、主人公の女性に対して年下の男性を書くことも多いのですが、「虐げられたい気持ち」と「男性を守りたい気持ち」は両立するのか、というのをテーマに書きたいんです。男性には、「性的にMの女性ならば、日常生活も男尊女卑でいいのでは」という意見の人が多くて……ムカつきますよね（笑）。私はセックスではMだけど、自立した

女でいたい。だから小説では私が守るべき少年を書くことが多いんですね。

——深志さんご自身の恋愛歴を教えてください。二度結婚されていて、最初の結婚は二十四歳のときと聞いていますが、ずいぶんお若いですよね。

深志　先ほども言った義理の父が男尊女卑の激しい人で、「女が一人暮らしするのは禁止」という主義だったため、とにかく早く結婚して家を出たかったんです。家を出たいがために結婚したようなものですね。高校生の頃から彼氏ができるたびに、「結婚する」と言ってました（笑）。最初の夫は出会い系サイトで知り合った男性で、駅前にビルをもっていて、家賃収入で食べている人でした。五年くらい続きましたね。私が朝帰りしていても怒らない、穏やかで優しい同い年の人でした。

——二度目の結婚となった、いまの旦那様との出会いは？

深志　前の夫と結婚している時期に出会って、二年くらいは友達でした。最初から「いいな」とは思っていましたね。結局、結婚中に付き合いが始まり、二週間で駆け落ちをしてしまいました（笑）。私、同時進行ができないタイプなので。デートをして、初めて二人でお泊まりをしたんですが、当時の夫にその言い訳をするのが面倒だったんですよね。嘘を重ねることを想像すると、良心の呵責に耐えられない！と思って。ここでやめるか、突き進むかどうするかと考えたときに、いまの夫が私を「帰したくない」と言うのでついていくことにしました。前の夫からしてみれば、青天の霹靂ですよね。思い付いたら、すぐにそのことをやりたいという性格なんです（笑）。

——いまの旦那さんはどんな方なんでしょうか。

深志　売れないバンドマンで、ラブホテルの清掃員をしている二歳年下の男性です。私と付き合い始めた頃は、アダルトビデオ店でバイトをしていてお金がなかったので、最初は私が熟女パブに勤めて養っていました。もともと女癖が悪い人なんですけど、私と付き合って結婚するまでは一度も浮気をしなかったんですよ。でも、結婚してから間もなく私の友達と浮気をしたので、浮気相手の友達に対して裁判を起こしました（笑）。

――旦那さんに対して、怒りは湧かなかったのですか？

深志　そりゃ怒りました。離婚届を書かせて預かりました。でも基本的には「彼を養おう」「私が何とかしなきゃ」という気持ちでいますね。かといって、ちんこをほかの女と共有するのはいやですが（笑）。結局、バカでいろいろやらかしている彼を支えている自分が好きなんです。その件がきっかけで団鬼六賞に応募したので、夫にはいまだに「俺が浮気したせいで作家になれてよかったね」と言われますよ。いま、夫はバンド仲間が住んでいる地方に引っ越してしまったので、籍を抜かずに別居婚状態です。〔追記：結局、離婚しました。〕

――はたから見ると、まるでお母さんと息子のように思えます。

深志　夫は私のことを母親だと思っているかもしれません。夫の母親は、彼が高校生の頃に亡くなっていて、だからなのか、浮気相手も大学生の子どもがいるような女性ばかりなんですよ。もっているAV（アダルトビデオ）も人妻モノばかりですし……根っからのマザコンみたいです。

私も、それまではどちらかというと「お父さん、私を守って！」という感じで、二十歳ぐらいの頃は、一回り以上年が離れた男性と付き合ったりしていましたが、いまは〝病的〟に父性を求める部分は昇華された気がします。結婚前に付き合っていたのが年上、最初の夫が同い年、いまの夫が年下と、恋愛や結婚を経て、一つずつ壁を乗り越えているんだな、と自分では感じています。いま思うのは、男性に守られるよりも、精神的にも金銭的にも自分の足で立っているほうが楽しいということ（笑）。ほかの人からしたら不思議な夫婦関係かもしれませんが、「結婚するならあなたしかいない」とお互い思い合っています。〔追記：「いました」です（笑）。〕

――紆余曲折を経て、落ち着く場所に落ち着いたということでしょうか。

深志　ただ、私のようなMの女性は、病的に父性を求める部分が昇華されても、自立したとしても、トラウマが消えるわけではないんです。Mの女性は、やっぱりどこか病んでいると思うんですよね。そもそもSM嗜好の方は、セックスをこじらせている方が多い。そういう人にとってのセックスとは何だろう？というのを、執筆活動で常に追い求めていきたいと思います。

深志美由紀（みゆき・みゆき）
神奈川県生まれ。二〇〇一年、「あなたはあたしを解き放つ」で集英社ノベル大賞佳作を受賞しデビュー。二〇一〇年、「花鳥籠」で第一回団鬼六賞優秀作を受賞。著書に『美食の報酬』（講談社、二〇一四年）、共著に『10分間の官能小説集3』（講談社、二〇一四年）など。

岡部えつインタビュー

「セックスによって男を食い殺す女」
――怪談×エロスの作家・岡部えつが語る〝女の恨み〟

岡部えつ「紅筋の宿」（桜木紫乃／宮木あや子／田中兆子／斉木香津／岡部えつ／まさきとしか／花房観音『果てる――性愛小説アンソロジー』〔実業之日本社文庫〕所収、実業之日本社、二〇一四年）

　取材のために訪れた田舎の温泉地で、道に迷ってしまったトラベルライターの男。電話を借りようと、一人住まいの女の家を訪ねたところ、「どうぞうちに泊まってください」と、風呂と食事を振る舞われる。女は夫が失踪した話をしながら、男に擦り寄ってくるが、男は足袋を脱いだ女の右足に、小指以外の指がないことに気がついて……。

――今回の「紅筋の宿」にも〝右足の小指以外がない〟という、生身の人間なのか、そうでないものなのかがわからない女性が登場しますが、岡部さんは以前から「怪談とエロス」というテーマで小説を書かれていますよね。きっかけは何だったのでしょうか。

岡部えつ　私は第三回『幽』怪談文学賞という、怪談がテーマの賞を受賞して作家デビューしました。執筆する前、「私が書ける怪談ってどういうものだろう?」と考えたとき、以前から書いていた男と女の話って怪談と結び付きやすいなと感じました。書いてみたらとてもおもしろくハマッたんです。

古典的な怪談も、男女間での裏切りなどがあって、そこで生まれた情念によって女性が幽霊と化すというものが多いですし。そのときの受賞作が「枯骨の恋」（二〇〇八年）という作品なのですが、その単行本を作っていただくときに、「ほかのお話もエロスと怪談でいきましょう」となり、そのあともいくつか続けて、そのテーマで書いています。

――「紅筋の宿」で、身体の一部が欠落している女性を書こうと思ったのはなぜですか。

岡部　作品内では「折り指」という、「飢饉のとき、女が男子どもに自分の指を食わせて飢えをしのがせた」という言い伝えを設定しています。これには、昔、人々が飢えに苦しんだとき、真っ先に犠牲になったのは女だったんじゃないだろうか、という思いがありまして。「折り指」は私が考えたオリジナルの伝説なのですが、もしかしたら実在するかもしれない話だと思いますね。

ただ登場人物の女性は、自分が犠牲になることを苦だと思っていない。本当はつらいことなのに、「自分が進んで男子どもを食わせてきた」という誇りをもつことで自分を奮い立たせているというか。それも非常にゆがんだ誇りなんですけどね。

――確かにこの女性には、不気味な強さを感じました。

岡部　強いかはわからないですけれど、本当は根っこにあるのは恨みなのでは。「紅筋の宿」の女性は、恨みの象徴みたいなものかもしれません。私、女がいちばん強くなるときって、恨みをもったときだと思うんです。恨みってものすごいエネルギーで、それによって奮起して大きな仕事をすることもできる。

男性は、自分の社会的地位を優先するから、自分を蹴落とした人などを恨んだりしますけど、女は愛した男や友人関係などの、身近な人に恨みをもちますよね。男性が、自分を捨てた女性を恨むということもあるかと思いますが、そのときも男性はどちらかというと、自分のプライドを傷つけられたことに対して恨む。一方女性は、自分の愛情が裏切られたことを恨むというか……恨みの質が違う。私は女性の恨みがとてもおもしろいと感じています。

――セックスシーンでは、男女の二人が狂っていくようで、とても引き付けられました。「狂え、狂え、狂え、狂え」という言葉が男の頭のなかにこだまする描写もありましたよね。女性の恨みがセックスによって爆発している印象を受けました。

岡部　この物語は、恨みの象徴のような女の家に、旅人の男がやってきて、女がその男を取り込んでいく……という話なので、セックスによって男を食い殺す、とっちめるようなセックスじゃないとダメだなあと思っていました。男が女の折り指を「そんな気味の悪いもの」と言うシーンもありますが、そういう、女をないがしろにした男をいたぶる、というイメージでした。

――女が縛られるというＳＭモチーフもありましたが、精神的には女性上位な印象を受けました。

岡部　私はあまりＳＭに詳しくありませんけれど、資料などを調べていると、実はＳＭの関係性で主導権を握っているのはＭのほうとはよく聞きますね。Ｍがどういたぶられたいかという願望のもとに、Ｓがいたぶっている……という構図らしいです。弱く見えるほうが実は主導権を握っている……自分の快楽のために、女が男を利用しているわけです。

――いままでの岡部さんの恋愛経験やセックスが、作品とリンクしていることはありますか？

岡部　私はたぶん、自分と関係ないものは書けないです（笑）。例えば「紅筋の宿」の男は、女をないがしろにしてきた過去をもっていたり、自分にとって不都合なことを自分以外のせいにしてきた人間なんですが、いままで関わってきた男のいろいろなエッセンスが混じってます。もちろん付き合った人も（笑）。恋愛中は、「好き」という気持ちが勝っているから、相手に自分の不満をぶつけられませんが、関係が終わったあとに「なぜ終わりにしたか」と、自問自答して浮かび上がってきたものを大事にとっておいて、小説で使うんですよ。例えば、これは男の性《さが》なのでどうしようもないんですけど、自分の社会的な立場を、恋愛よりも優先させる人はいましたね。

私は上京後、ずっと吉祥寺に住んでいるのですが、都心に住んでいる男性に、「よくあんなところに住んでいられるね」って言われたことがあります。彼にしてみれば、都心に住んでいることで最先端の情報を手に入れているんだぞと、私に誇りたかっただけなのでしょうが、私が傷ついてムカッときていることには気づいていない。

――ほかにも、「こんなことをされて腹が立った」というエピソードはありますか。

岡部　昔、付き合い始めた人に「実は、彼女がいる」と告げられたことがありました。長く付き合っている恋人がいたのに、私のことも好きになってしまったそうなんです。彼は悩みに悩んで申し訳なく思っていたようなんですけど、「どっちも選べない」と当事者である私に言ってしまうのは甘えですよね。たぶん、向こうの女の子にも言っていたんじゃないかな。

――なかなかにヘビーな体験ですね。

岡部　そのことを告げられたときには、もう彼のことを好きになってしまっていたので、引き返せず……嫌いになれたら、こんなに楽なことはありません。私にとっては最悪の思い出ですね。ただ彼は、「セックスとは、こんなにいいものなのか」と気づかせてくれた人なんです。誰にでもモテるような人ではなかったんだけど、ちょっと親密になると魅力が見えてくる人。二股問題がある一方、肉体的な交わりで得る幸福感、満足感のすばらしさを知ってしまった……それがなければとっととケリをつけられたんですけど（笑）、そうこうするうち、彼の人間的な魅力もあって、結局七年付き合いました。彼が彼女ときっぱり別れられずにいたのは、一年くらいだったかな。もっと短かったかもしれないですが、感覚としてはそのくらいありました。

ただ七年の間、その付き合い当初のことは一度も忘れませんでした。別れるときも、そのことが頭にありましたね。最後まで、「二人の女にひどいことをした」という彼へのわだかまりはもっていましたよ。男の人にとっては怖いかもしれないけれど、女ってずっと覚えてますよね。その場で許した体にはなっているけれど、傷は傷のまま残っていて、何かのきっかけでうずくんですよ。

――先方の女性に対しては、恨みを抱かなかったんでしょうか。

岡部　なかったです。私より十歳も年下の女の子だったんですけど、彼女がつらい思いをしていると考えると、かわいそうで……。私は例えば、世に不適切といわれる関係（不倫）でも、気がつくと奥さんのほうに思いを寄せてしまうんです。奥さんの立場に立ったとき私はどう傷つくかな、などと考えると、「ザマアミロ」とは思えない。だから自分が好きな男性に対して、「こいつ、なんてひどい男なんだろう」とも思いますし、「なんでこんな男のこと好きなんだろう」と我に返ることもあります。とは言いながら、自分が罪悪感にさいなまれるということもないんですが（笑）。罪は誰かを傷つけた人にあるわけで、妻を傷つけた罪は、ほかに気を移して妻をないがしろにした夫にだけあると思っています。

私、女が好きなんですよ。昔は大嫌いだったんですけどね。女子校出身なんですが、在学中には、女同士の嫉妬や意地悪、立ち位置を確保するための駆け引きにうんざりして、男友達のほうが多かったぐらい。だけど恋愛を重ねて、男がどういうものかを知り、自分のなかにも女のドロドロしたものがあるとわかって、女が好きになりました。いまでは逆に、好きな男以外の男は全員嫌いですね（笑）。いま、私が仲良くしている男性たちは、みんな「好きな男」です。

——今後も、女のなかにうごめく情念や恨みを作品にしていくのでしょうか。

岡部　やっぱり私は女の情念など、〝女ならでは〟のものが好きだし、もうしばらくそれを書き続けると思います。自分のなかにある恨みを変に膿ませて、世の中に毒を吐くのではなく、恨みを上手に飼いならして生きている女性っていますよね。恨みをほかに転嫁したりしない。そういう女性に引かれます。私の場合は、そこまで大きな恨みというのはないですけれど、恋愛中の小さな恨みのエピソードは、別れたあと相手には言えないまま蓄積されていくわけじゃないですか。そういうものを血肉にして、作品に出していければと思います。

岡部えつ（おかべ・えつ）
大阪府生まれ、群馬県育ち。著書に『新宿遊女奇譚』（メディアファクトリー、二〇一一年）、『生き直し』（双葉社、二〇一三年）、『残花繚乱』（双葉社、二〇一四年）、『パパ』『フリー！』（ともに双葉社、二〇一六年）などがある。二〇一五年、『残花繚乱』は『美しき罠――残花繚乱』（ＴＢＳ系）としてドラマ化された。

蒼井凜花インタビュー

CA、モデル、クラブママ
――女社会のドロドロを見続けた官能作家が語る〝女同士〟の性

蒼井凜花『美人モデルはスッチー――枕営業の夜』（二見書房、二〇一五年）

CA（キャビンアテンダント）とモデルの二足のわらじを履いていた絵里。本格的にモデルに転身するが、そこで待っていたのは、カメラマンからのセクハラや、テレビ局の有力幹部への枕営業の日々。事務所の後輩でありライバルの優奈に触発され、ますます芸能界の〝夜〟の世界に没入していくのだが……。

――蒼井さんは、〝異色の経歴〟をもつ官能小説家として知られています。

蒼井凜花　二十歳から四年間、CAの仕事をしたあと、芸能事務所のオスカープロモーションにモデルとして所属しました。モデル活動と並行してクラブで働き始めて、どうにかナンバー1になりまして、系列店を任せていただくことになり、その店のママになりました。そのあと、若さや容姿で勝負する夜の仕事に限界を感じ始めていた二〇〇八年に、「サンケイスポーツ」主催の「官能小説・性ノンフィクションの書き方講座」を受けたことがきっかけで小説を書き始め、一〇年に『夜間飛行』（二見書房）でデビューしました。ちょうど私がCAをしていた頃、「CAの売春組織がある」といううわさが立っていて、そのことを題材にして書いたんです。

——蒼井さんの作品には、〝女の花形職業〟と呼ばれる仕事につく女たちのドロドロした世界が描かれていますよね。やはり実体験からのエピソードが多いのでしょうか。

蒼井　そうですね。みなさんに、こういう世界があることを知ってほしいという思いがあり、書いています。楽しんでいただきながら、知らない世界の有益な情報をお伝えしたい（笑）。実際は、もっとひどいですね（笑）。CA時代、上空で先輩に「いますぐ降りて」と言われたり、「アンタなんかキャビンのゴミよ」と罵倒されたりしたこともありますし、ホステスをしていたときには、お客様やホストを取り合って、女性同士がつかみ合いのケンカをしているところもときどき見かけました。

——そういった世界の女性たちは、〝勝ち負け〟の意識が強いのかなという印象です。

蒼井　特に夜のクラブでは、売り上げが〝棒グラフ〟で示されていたので、指名の数や売り上げで勝ったか負けたかが女性たちの基準になりやすかったというのもあります。それに、一度トップをとると、落ちるのが怖いんですよ。ナンバー1だからこそ手にできていた権限もすべて失ってしまいますし、お客さんから「今月、二位だったんだって」と煽られるので、勝ちたいという気持ちが強くなってくる。水面下で、枕営業をしている子もいたと思います。

『美人モデルはスッチー』では、モデルの世界を描いていて、主人公の絵里は、〝準ミス〟という設定。実は私も、短大時代に、とあるミスコンで準ミスになったんです。そのような背景をもとに、ミスになれなかったコンプレックスや、若さ・美貌・人気・学歴・収入などによる女性のマウンティングに加え、美に群がる男性との駆け引き、さらには自分の商品価値を高め、他者を利用し、確固たる地位を築こうとする男女の野望を描きたいと思いました。これまで、あまたの美女と接してきて感じたことは、美人はプライドが高い（笑）。そして美に固執しすぎるあまりゆがんだ思考をもつ人、些細なことでも意外と心が折れやすい人も少なくないな、という印象です。もちろん才色兼備で人からの信頼も厚く、幸福な人も大勢いますが、本のなかでも書いたように「美しさイコール幸福」の方程式は成立しません。

――蒼井さんご自身の目で見た女の序列争いから、女の一面を切り取って作品にしているんですね。

蒼井　ただ、『夜間飛行』や『美人モデルはスッチー』などのように男性読者をターゲットにした官能小説だと、あまり女同士のドロドロばかり描いてしまうと、読者に引かれてしまうんです。例えばこの二つの作品にはレズビアンシーンがありますが、それもあくまで男性がトップです。女同士の話でも、〝男の人のため〟に女二人がちょっと抵抗しながらもプレイをするという内容になっています。常に男性目線を意識して書いています。

結局、女の序列争いもそこに男目線があるから生じるもので、「女は男の手のひらで遊ばれているだけ」と捉えられてしまうかもしれませんが、私は「男の人の手のひらの上で、上手に転がされてあげたいな」と思いますね。夜の仕事をしていた頃、常に男の人が優越感に浸れる環境を作っていたために、女性ではなく、むしろ男性に対して感情移入をしてきたんです。そうなると、自分自身も俯瞰しないといけない。

――それが、男性向けの官能小説を書くうえで生きているのかもしれませんね。ところで、蒼井さんご自身が、男をめぐる女同士の争いに巻き込まれたということはあるのでしょうか。

蒼井　そうですね……同期のＣＡが黒人男性と付き合っていたのですが、「もう別れた」と聞いていました。そんなとき、その彼に口説かれて、イケナイ関係になってしまいました。ちょっとした好奇心もあって。といっても最後の一線は越えませんでしたが（笑）。でもそのあと、実は別れていないことがわかり、夜中にもかかわらずタクシーを飛ばして、彼女の自宅に謝りにいったことがありました。懐かしいですね。私は平和主義者ですから、キャットファイトなどに巻き込まれたことはありませんが、作家としては一度くらいは巻き込まれるのもおもしろいかも（笑）。

――いわゆる〝ダメ男〟には弱いタイプですか？

蒼井　いえ、借金があったり、暴力を振るうタイプの男性とはお付き合いしたことはありません。浮気については、ただの排泄行為だと思っているので（笑）、自分が「最後に選ばれる女」になればいいかなと思っています。男性とのお付き合いでいちばん悲しいのは、けんかして別れること。高校時代に付き合っていた彼とは、いまでもお友達として仲良くしています。男と女の関係じゃなくても、人間として親しくなるのがいちばん理想。無駄なけんかはしません。負の感情は人を醜くしますから。むしろもめごとは、女性とお付き合いしているときのほうが多かったかも。

――蒼井さんは、バイセクシャルなんですね。

蒼井　きっかけはＣＡ時代に、ちょっとすてきな先輩がいたんです。芸能人に例えると若村麻由美さんのような和風美女で、仕事もできる人でした。先輩と同室に泊まることになったとき、「AV見ない?」と誘われ……ペニスに甘えない舌の技がすばらしかったです(笑)。ちなみに私は〝ネコ〟です。

――〝生まれながら〟や〝過去の男性経験のトラウマ〟からではなく、その場のノリでレズビアンの世界に足を踏み入れたという感じでしょうか。

蒼井 遠距離恋愛の彼氏と疎遠になっていたこともありますが、とにかく性に対して好奇心旺盛だったんです。昔からそうで、オナニーも小学二年生の頃からしていたほど(笑)。レズビアンこそ絶対数が少ないぶん、「取った取られた」で修羅場となることが多くて、私も「いま車を運転してる、別れるならこのままぶつけて死ぬから!」と電話がかかってきたなんて経験もあります(笑)。

――女性と付き合うことは、男性と付き合うことと、何か違いはありましたか?

蒼井 けんかのとき、男性に対してなら自分が引くことができるのに、女性にはできなかったかな。女性は数カ月前のことまで引っ張り出して怒ってくるので、こちらも言いたい放題になってしまう。普段大らかで寛大に振る舞っているタチの恋人も、けんかになるとたんに女になってしまう。特に生理前は気性が激しくなるので、注意が必要ですね。そういえば、人生で初めてグーパンチされたのも、背負い投げされたのも女性でした(笑)。

あと、何がいちばん大きな違いだったかといわれれば、女性には生理があるので、セックスが大変(笑)。それぞれの生理期間の都合で、半月間セックスができないなんて事態もありえます。けれど、男性相手でも女性相手でも、付き合う〝スタンス〟は特に変わりません。

――これまで仕事や恋愛を通して、さまざまなドロドロを経験したにもかかわらず、蒼井さんの目線はフラットで冷静ですよね。

蒼井　打たれ強くなったのもありますが、もう平和がいちばんですよ。もちろん毒づいてみたいときもあるんですけれど、自分に呪いをかける行為だと思うので、私はしません。それも一つの美意識だと思っています。脳って、主語を認識しないんですって。例えば「お前死ね」って言うと、脳は「死ね」という言葉だけを認識して、いわゆる〝言霊〟として自分に跳ね返ってくるそうですよ。ドロドロに執着してしまうと、自然とそういう人だけ寄ってきてしまいますしね。何かイヤなことがあったら、ネタにして小説に書けばいいんです。

――今後は、官能小説以外にもチャレンジする予定はありますか？

蒼井　はい、まずは『美人モデルはスッチー』が韓国版で刊行されることになりまして、たいへん光栄に思います。また、ラジオやトークイベント、メディア関連など、執筆以外のオファーが増えつつありますので、どんどんチャレンジしたいと思います。あとは、すでに原作が四作品（計五本）DVD化されていますが、映像の分野にもとても興味があります。

官能以外の小説にも意欲があります。クラブのママを十年間経験したことを生かして、女同士の戦い、男女の駆け引きを絡めた性愛など、ぜひ書いてみたいですね。夜の世界の女たちは、のし上がるために野心むき出しです。夜の世界に身を置いた物書きとしましては、意欲をそそられる題材ばかりですよ。

蒼井凜花（あおい・りんか）
北海道生まれ。短大卒業後、キャビンアテンダント、モデル、六本木のクラブのママを経て、二〇一〇年にCA官能小説『夜間飛行』（二見書房）で作家デビュー。著書に『愛欲の翼』（二見書房、二〇一三年）、『誘惑最終便』（二見書房、二〇一六年）、『令嬢人形』（双葉社、二〇一五年）など多数。第二回団鬼六賞ファイナリスト。

鷹澤フブキインタビュー

「恋愛とSMプレイは別枠」
――官能作家・鷹澤フブキが語る、〝セックス＝最高の娯楽〟の意味

鷹澤フブキ「ぼくの楽園《パラダイス》」（小玉二三／如月あづさ／相原晋／鷹澤フブキ／睦月影郎／庵乃音人／草凪優『Mふたり――官能小説傑作選 恥の性』〔角川文庫〕所収、KADOKAWA、二〇一五年）

勤務する会社の終業後、更衣室に忍び込んでは、女子社員の制服の匂いを嗅ぐ行為を楽しんでいる栗原文徳。ある日、いつもと同じように更衣室のドアを開けると、そこには気が強すぎると男性社員から煙たがられている琴海と、栗原がひそかに思いを寄せる瑠依子の姿があった。軽蔑の眼差しを向けられながら、栗原は二人に〝お仕置き〟を受けることになる……。

――「ぼくの楽園」はどのような構想のもと、執筆された作品なのでしょうか。

鷹澤フブキ　少しSMチックで、M男さんやフェチ嗜好の人向けの作品というのが編集部からの依頼でした。この作品が掲載された「小説 野性時代」（KADOKAWA）の担当者とプロットについて打ち合わせたときに、内容的にはあまりハードではなく、フェチな感じでまとめようということになりました。

――鷹澤さんの細部の描写への情熱の注ぎ方は、〝職人芸〟だと感じます。例えば、ややぽっちゃり

とした体つきの女子社員のブラウスについて「第三ボタンと第四ボタンの付け根のあたりがやや伸びている」と書かれていますが、そこに気づく栗原に笑ってしまいました。

鷹澤　「キモい」と思われたらアウトですからね。ギリギリのラインでかわいいか気持ち悪いかが分かれます。どんな変態でも「かわいい」と思わせることができないと読者に拒絶反応を起こさせてしまいますから（笑）。あと、私は文章を書くときには絵コンテ手法で書きますね、読者にその絵が浮かぶように。男の人って視覚にこだわるじゃないですか。特にこの作品を書いていたときには、完全に男になりきって書いていたと思います。たぶんこの文章を読んで、女が書いているとは誰も思わない気がします。でも、女性側に立って書くこともできますよ。きっと私は精神的には両性具有なんです（笑）。

――鷹澤さんは、SMクラブで女王様をしていたご経験があるそうですが、それが作品執筆に生かされている気がします。例えば、栗原が前立腺を攻められるというシーンもありましたが、すごく生々しくてリアルでした。

鷹澤　そこは強みですよね。基本的に前立腺の状態というのは、いくらか前後・左右のブレはあるけれど、基本変わらない。当然、触っていると変化が起きるんですが、そのことをわかっていない作家さんも多いと思います。あと、SM小説ではよく縄をかけるシーンがありますが、実際にはかけることができない作家さんのほうが多いかもしれませんね。ただ、縄のシーンでも、細部まで具体的に書いたら読者はつまらないとも思うんです。わかる人にはわかるので、そこはカットしています。でも、一冊読んだとき、読者が「この技は実践できる」という部分はぜひとも書きたいです。あと「風俗に行ったらこのプレイは高いぞ!」という意識でも書いてますよ(笑)。

――M男の栗原に対して、女王様気質の琴海と恥ずかしがりやの瑠依子という二人の同僚の女性会社員が登場しますよね。この設定も、ご経験があるのでしょうか。

鷹澤 このパターンは使い勝手がいいんですよ(笑)。何も知らない女の子を一人置くだけだと、お話が乗ってこないので、一人はすごくできるやつを置く……自分の作品でよく使っているパターンです。

私自身も、M女一人、S女一人、M男一人、というシチュエーションでプレイしたことがあります。そのときは、M女ちゃんを責めるだけで私が燃え尽きてしまったので、逆に彼女にM男クンを責めさせました。彼女はMとしてのツボがわかるから、責めさせてもうまい。それにM男クンは、その三人のなかで最下層になるから、いっそう感じるんです。

――先ほど、「精神的には両性具有」とおっしゃっていましたが、M女さんと二人でプレイをすることもあるんですか?

鷹澤 ペニバンをはいてプレイをしたこともあります。昔、近畿地方から乳母車に子どもを乗せて、わざわざ東京まで訪ねてきた人妻のM女ちゃんもいました。旦那さんへのアリバイ作りに動物園で記念写真を撮影してから、子どもを保育園に預けてプレイをした……なんてことも(笑)。

――鷹澤さんは、好奇心が旺盛な方と感じました。好奇心の強さは生まれつきですか?

鷹澤 同級生にいまの仕事を話しても「お前そういうやつだよね」って言われます。子どもの頃から変わってたんですよ(笑)。昔から群れないタイプで、それはいまでも変わりません。男親が穀潰しという複雑な家庭だったので、どこか悟っているんですよね。ただ母は、私がやることに対して昔から理解がありました。若い頃、実家に住んでいたときにコスチューム姿の写真を隠さずにそのまま飾っていましたからね。ばれたときに「なんでやってるの？」と聞かれて、「好きだから」と答えたら「ああそうか」と（笑）。女王様は、基本的に「脱がない、触らせない、手などを使ってイカせない」というのが前提だったので、親としてはオミズとあまり変わらないんですよ。これが受け側だったら親も反対したかもしれませんが、攻め側だったから許したのかなと思います。私は女王様ビデオにも出演しているのですが、親も「お前が脱がないんだったら……」と受け入れてくれました。

――恋人に対してはどうでしょう。ＳＭチックな趣味をとがめられたりすることはありますか？もしくはＭ男さんとお付き合いされるのでしょうか。

鷹澤　基本的に、恋愛対象にはプレイはしません。面倒なので（笑）。私はＭ男ではなく、自分に似たタイプに惚れるということもありまして……お互い面倒なので「ない」。恋愛とプレイは別枠なんです。ＳＭマニアさんの間では、プレイメイトとしてはうまくいっていても、恋愛となるとうまくいかないケースが多いという認識があります。特殊な性癖ゆえにうまくいけばいいのでしょうが、これがなかなか難しい。恋人という関係ならばうまくいっても、結婚をして子どもができたりすればプレイをすることもままならない。例えばＭ男さんならば、奥さんであるＳ女がプレイをしてくれなければ、ＳＭクラブなどに通ったりして性癖を満たそうとします。Ｓ女は独占欲が強いし、勘がいいのでバレたりすることも……。そうなったら修羅場ですよね。個人的にはＭ男さんはかわいいけれど、あくまでもペット的な存在です。しつけが行き届いた奴隷さんは出来がいい執事というイメージですね。

あと、SMをやっていると「ノーマルプレイできるの？」とは聞かれますが、できますよ。私、意外と付き合うと長いんです。いまのダーリンは十一年付き合っています。一人の人とじっくり付き合いますね。

――プライベートとプレイは分けているということは、恋人の方はご存じなんですよね。

鷹澤　「それはそれ、俺にはやるなよ」って言ってます（笑）。ただ一回だけ、彼と飲んでいたときに、プレイをする旧知のM女ちゃんから「遊んで」っていう電話がかかってきて。彼が「面倒だから呼べば？」と言うから、彼女を呼んで……一度、道具を取りに自宅に戻って、彼の家でプレイをしました（笑）。彼にはその様子を見ていてもらって。彼は笑って見てましたよ。

――そのプレイを笑って見ていてくれるって、鷹澤さんへの愛があるからですよね。

鷹澤　他人事だからだと思いますよ（笑）。「俺にはやるな」なので。

――官能を書く女性にありがちなのが「ダメな男が好き」というパターンなんですが、鷹澤さんはいかがですか？

鷹澤　ダメな男相手に、ここまでやってあげる自分が好き、それが男にとってためにならないこととは知らずに……っていうパターンですよね。でも私は「浮気したら、生きて帰れると思うなよ」というタイプですから、ダメ男と付き合うことはないですね。できない子は、嫌い（笑）。ダメなやつと付き合うと運気をもっていかれるよ、と助言されたことがあって、すごく心に残っています。

私にとってセックスって、「お金がかからない最高の〝娯楽〟」なんです。肉体、メンタル含めて。ハグやキスだけでもいい、肌の触れ合いが大切。それがないと潤いがなくなりますよね。もちろん相手は不特定多数ではなく、特定のダーリンだけですけれど。恋愛も執筆も生涯現役でがんばります(笑)。

鷹澤フブキ（たかざわ・ふぶき）
東京都生まれ。会社員、秘書、生命保険セールスレディー、高級クラブのホステス、SMクラブの女王様などさまざまな仕事を経て、女流官能小説家デビュー。著書に『もっと淫らに』（河出書房新社、二〇一一年）、『誘う指先』『微熱看護』（ともに無双舎、二〇一〇年）、『蜜のお姉さん』（イースト・プレス、二〇一四年）などがある。

森奈津子インタビュー

「オナニーは女性を幸せにすべき！」

――SF官能作家が担う〝女のエロを解放する〟という使命

森奈津子「魔女っ娘ロリリンの性的な冒険」（草凪優／八神淳一／西門京／渡辺やよい／櫻木充／小玉二三／森奈津子／睦月影郎『私にすべてを、捧げなさい。』〔祥伝社文庫〕所収、祥伝社、二〇一五年）

恋人の幹久から、セックス中にイクふりをしていることを責められた私。自宅に帰ると、新聞受けにアニメ『魔女っ娘ロリリン』のミラクルバトンが突っ込んであることに気づいた。小学生の頃を思い出して呪文を唱えると、一瞬のうちに〝魔女っ娘〟に変身してしまう。レディという名の猫に、「魔法であなたの夢をかなえて」と言われ、「セックスでちゃんとイケる体になーれー！」とお願いすると、あそこだけが若返っていて……⁉

――魔女っ娘ものの官能小説、また性器だけが若返るという異色の作品ですが、執筆前にどんな構想を練られたのでしょうか。

森奈津子　我が国では十数年前から少しずつ性表現規制が強まってきて、最近は官能小説でも「十八歳未満あるいは十八歳以下の性行為は書かない」という取り決めがされている媒体がほとんどなんです。版元も著者も、変なところから文句をつけられないように、自主規制する方向にいっちゃうんですよね。私はそれが「実につまらないな」と思っていまして（笑）。個人的には「初潮や精通を迎えた年齢の登場人物であれば、官能小説で性行為を描いてもいいのではないか」と感じていまして、「十七歳はダメ」と言われると、実際の高校生では経験している子も多いのに、なぜ官能小説ではダメなんだろう、という疑問が湧いてきます。そこで、「これなら誰も文句をつけられないだろう」と、体の一部だけが若返るという設定にしたんです（笑）。

――性表現の規制についてはよく聞きます。成人の主人公が「十代の頃の性体験を回想するシーン」も難しいとか。〝魔女っ娘〟というモチーフが出てきた理由は何でしょうか。

森　私が子どもの頃って、魔女っ娘アニメが繰り返し再放送されていたんです。『魔法使いサリー』（NET、一九六六―六八年、テレビ朝日、一九八九―九一年）や『ひみつのアッコちゃん』（NET、一九六九―七〇年）、また『ふしぎなメルモ』（朝日放送、一九七一―七二年）は、幼い女の子が大人に変身するという設定で、いま思い返すとエロティックなストーリーでしたよね。そういった作品に思い出深いものがあったので、ネタにしたいと思ったんです。私自身、女オタクのなれの果てですから（笑）。

――この作品は、男性読者向け、女性読者向け、どちらを意識して書かれましたか？

森　この作品が掲載された「小説ＮＯＮ」（祥伝社）は完全に男性向けで、官能小説や時代小説、ミステリーなどが人気の小説誌なんです。いわゆるおじさん向け雑誌ですが、『魔法のプリンセス ミンキーモモ』（テレビ東京、一九八二―八三年）などを愛でていた成人男性も、いまではおじさんなので、そういった人に向けて書いてもいいのではないかと（笑）。

私の作品は、ＳＦファンの男性もよく読んでくださっています。ミステリーとＳＦが中心のハヤカワ文庫にも、私のレズビアンもの短篇集やエロティックＳＦ短篇集が入っています。

――「魔女っ娘ロリリンの性的な冒険」にも、レズビアンシーンがありました。男性はどういう立場でレズビアンものを読んでいるとお考えですか。

森　男性にとっては、知らない世界を垣間見るような感覚なのではないかと思います。最近は性の多様性もよく話題になっていますし、レズビアン願望（女性でいうＢＬ〔ボーイズラブ〕を読みたいというような願望）や女性化願望を自覚している男性もけっこういらっしゃるのではないでしょうか。

――森さんの小説は「百合」「ＳＦ」そして「笑い」という三本柱で成立していますね。笑いとエロは対極にあるようにも感じます。本作も、まさかの展開に笑いました。

（写真：染瀬直人）

森　日本では「笑い」も「エロ」もさほど評価されていない分野ですよね。例えば落語や狂言などの伝統芸能になると評価されますが、一般的な「お笑い」は評価されない。笑いというものは、人の感情を揺さぶるという点で、かなり高度なテクニックを要すると思うんです。エロもそう。江戸時代の春画だと評価されているのに、現代人が性的に消費するエロだと評価されない。そんなふうに軽視されているのが悔しい。だったら私が進んで書くよ、と（笑）。

――笑いの要素があるので、「明るいエロ」という印象があります。

森　やっぱりセックスもオナニーもハッピーなものであってほしいなと（笑）。悪い例としては、凶悪犯罪の原因のほとんどはセックスとマネーだといわれますが、どちらに向かうにせよ性的なものが人を突き動かすパワーってすごいものがあると思うんです。だから、性によって自分や相手を幸せにすることもできるわけで。私自身は幸せな作品を書きたいと思っています。ただ、気をつけているのは、「性器を指す言葉は秘めやかに」ということ。自分自身が、直截的な言葉が出ると冷めてしまうんですよね（笑）。

――森さんご本人のお話もお聞きしたいのですが、もともと昔から性的なことへの好奇心は強かったのでしょうか。

森　そうですね。小説にも「五歳からオナニーをしていた」と書いていたように（笑）。でも、当時は「こんなことをしているのは、きっと私だけだ。このことは、だれにも言ってはいけない」と思ってました。つまり、恥ずかしいという感覚はあったんです。子どもでもスッポンポンでいれば、親に「パンツはきなさい」って注意されますよね。だから、そこには触れてはいけないし、触れて気持ちいいと感じてしまう自分はおかしいのかな？という葛藤はありました。

――同じ葛藤は多くの女性が抱えている気がします。

森　そう言っていただけるとうれしいです。性の葛藤というと、私は、男の子を好きになること以上に、女の子を好きになることが多かったんです。性自認が女性でも男性でもないという「エックスジェンダー」という言葉があって、私自身はバイセクシャルに加えて、それかな、と感じています。

子どもの頃は、「女の子は美しく清廉で、自分とは違う存在」と感じ、あこがれのようなものを抱いてました。小学校高学年になると、自分には同性愛の傾向があると明確に自覚するわけですが。当時は世間からの抑圧というものはすさまじく、同性愛は触れてはいけない話題でした。ただ、マンガでは少年同士の美しい描写はありました。それでも、レズビアン作品はほとんどありませんでしたね。

――実際にお付き合いされてきたのは、男性と女性どちらが多かったですか？　相手が男性である場合、女性である場合で、付き合い方や心境に違いはあるのでしょうか。

森　圧倒的に男性が多いですね。男性と付き合おうが、女性と付き合おうが、私自身は変わっていないと思います。ただ若い頃、男性と交際していたときには「もしかしたら私たち、将来的に結婚するのかな？」という意識が芽生えましたが、女性相手だと「この先、お互い幸せになれるのかな？」という鬱屈した気持ちになることもありました。一方で、女同士のカップルだと「女らしさ」を押し付けられないという気楽さがあります。男性には「女の子ってこうだよね」っていう偏見を押し付けてくる人も多いですからね。昔、彼氏とデートしたときに、何げなく「二人でお弁当を食べたい」と思い、作っていったことがあるんです。そうしたら彼に、「やっぱり女の子だよね」と言われて。べつに女の役割としてやったわけではないのに、と思いました。

けれど、恋愛では、どんなにひどい別れ方をしても、その人を恨んではいけない、と思ってます。いまになって「あの人と付き合って、私は幸せになれていたのだろうか」と疑問に思う相手もいますが、その人と一緒にいるときは心身ともに最高に幸せだと感じていましたし。いい思いは大切にしたいですよね。作家をやっていると、負のエピソードもネタになりますけれど（笑）。

――セックス面で男性は、「ここは、こうして」など文句が多いような気もします。「魔女っ娘ロリリン」の主人公も、「男が気持ちよくなること」が重要だと考えていました。

森　男性はデリケートだから大事にしないといけないな、とは感じてました（笑）。エロ創作物を鵜呑みにして、女性を激しく愛撫すればいいと思っている人も多いので、男女がお互いにもっとオープンになればいいと思います。女同士だと体が同じ構造なので、わかる部分も多いのですが。私にとって、セックスはコミュニケーションなんです。自分一人ではできませんから。

昭和の時代は「女性に性欲がある」というだけで驚かれるようなところがありましたが、相手に対する不満を隠しながらセックスをするって、不幸だと思います。ただ、経験がない人を蔑むような風潮はあってはいけない。セックスの相手がいないと女性は性的に解放されないというのも、おかしな話だと思います。

――セックス経験が乏しいと「モテない」などと偏見の目で見られがちです。

森　セックスについて語る女性は多くても、オナニーについては語りたがらないのは、「欲求不満」だと誤解されてしまうからですよね。男性だったらオナニーしていてもモテないやつとは思われません。本当はオナニーは女性を幸せにできるはずだと、信じています（笑）。

――森さんは、世間の偏見や国の規制への疑問を抱き続けているのですね。

森　そうですね。女性がエロい創作物を作ることが気にくわないという人たちは一定数存在していて、エロマンガ家でも女性であることを隠して描いている人がいます。女性が性的に解放されることを恐れている人が大勢いるなんて、それこそ女性差別だと私は思うんですけどね。女がエロを書いて誰を喜ばせようと、それは自己決定権に基づくものなのだから、他人がとやかく言うべきではないと思います。

――森さんの作品には、そういった主張がありながらも、エゴイスティックな部分や押し付けがましさを感じません。今後はどのような作品を書いていこうと思っていますか？

森　私は強い女を書くのが好きなんです。ＳＭシーンでも、実はＭの女性が主導権を握っていたという展開など。強い女に導かれれば、男ももっと気持ちよくなれるかも、こんな経験ができるかも、というエピソードを描きたいですね。世間では軽視されているＳＦや官能やコメディーに関しては、「私はそのジャンルが好きだから、私に書かせてよ」という気分です。もし、そういった分野に私自身が少しでも貢献できたら、うれしいですね。

森奈津子（もり・なつこ）
東京都生まれ。少女小説でデビュー後、〝性愛〟を核にＳＦやホラーなどさまざまなジャンルの作品を執筆する。著書に『かっこ悪くていいじゃない』（祥伝社、二〇〇一年）、『姫百合たちの放課後』（早川書房、二〇〇八年）、『先輩と私』（徳間書店、二〇〇八年）、『あたしの彼女』（徳間書店、二〇一四年）などがある。

［特別付録］
草凪優インタビュー
「女」を記号化しない
――官能小説家・草凪優の〝匂い立つ〟セックスシーンに込められた矜持

二〇〇四年に官能小説家としてデビューして以降、〇五年に『桃色リクルートガール』（双葉社）で官能文庫大賞、一〇年に『どうしようもない恋の唄』（祥伝社）で「この官能文庫がすごい！」大賞を受賞するなど、人気を博してきた男性官能小説家の草凪優さんが、初の単行本で初の恋愛小説『黒闇』（実業之日本社）を二〇一五年九月四日に発表した。元バンドマンの主人公とその妻、そしてひょんなことから出会う母娘――不器用で、ただ「生きる」ことに必死な登場人物たちに、人間のふがいなさや甘さを痛感させられ、同時に強く心を揺さぶられる話題の本書は、「性と生」を描いた暗黒の恋愛小説として、男性だけでなく、女性読者からも支持されているという。今回、草凪さんにインタビューして、本書に投影された草凪さん自身の男性観・女性観、そしてなぜ草凪さんの官能表現は女性読者を魅了するのかを探った。

草凪優『黒闇』（実業之日本社、二〇一五年）

企業経営者の妻・果穂に養ってもらいながら生活する三十五歳の元バンドマンの男、迫田修一。あるとき日本でいちばん売れているアーティスト、手塚光敏と恋仲になった果穂に離婚を切り出されるも、迫田はこれを拒否する。手塚に「血の繫がった娘を捜しだしたら、三千万円支払う。それで離婚に応じてほしい」と依頼され、迫田は風俗で働く二十歳になった手塚の娘・杏奈と、パチンコ狂いの杏奈の母・美奈子を見つけ出す。美奈子と肉体関係をもち、心を動かされた迫田は、彼女たちとともに最底辺の暮らしから脱しようと、新しい家庭を作ることを決意する。過去を忘れてまっとうに働き、地道に生きていこうとするが、杏奈から誘惑されてしまい……。

「若い子と付き合うと人生が救われる」というオジサンの幻想

――今回は初の単行本、初の恋愛小説ということですが、官能小説としてではなく恋愛小説として発表することになったいきさつを教えてください。

草凪優　単純な話、この本に登場する四十二歳のオバサンである美奈子って、官能小説のヒロインにできないんですよ。企画書に「四十二歳、パチンコ狂、バツイチ、シングルマザー」なんて書いたら編集者に「草凪さん、ちょっとこれはやめましょうよ」なんて言われてしまう。それに美奈子のようなキャラクターを書くためには、そのキャラクターを掘り下げるための尺もいるし、器もいる。でもやっていることはいつもと変わらないです。ただ濡れ場の言葉の選び方は普通の読者に対してキツくないように、かなり直しましたね。

――草凪さんの小説に登場する女性は、生々しいですよね。本書には果穂、美奈子、杏奈という三人の女性が出てきますが、どういった女として描こうと思いましたか？

草凪　三人とも自分の分身ですね。普段は昔付き合っていた彼女を抽象化したりしているんですけど、今回はわりと自分寄りです。美奈子がいちばん（自分に）近いです。「だらしなく振る舞うことが世間への復讐」というところが昔はあって……いや、いまも。官能小説なんか書いて糊口をしのいでいるところが（笑）。美奈子に関しては、ある評論家が「（迫田と杏奈と三人で幸せな家庭を作るという）偽善にすがるしかない女」と書いていました。でも、それは主人公の迫田もそうだし……そういうところから始まる関係もあると思います。

――迫田の場合は、女の人がきっかけで人生が動いていくなと感じました。美奈子と出会って希望を見いだし、でも杏奈とも関係をもってしまい、窮地に追いやられます。

草凪　僕がそういう人間ですからね。僕、バツ三なんですよ。女性に振り回されているなと感じてはいるけど、振り回されるのが好きな自分もいるんです。そもそも僕は、これまで自分を好きな人を好きにならなかったんです。自分が自分を好きじゃないから。僕が好きになった人を追いかけたい。乗りこなせない馬のほうが乗りこなしたくなる……だから失敗する（笑）。

――女性には、勝てないと感じるということでしょうか。

草凪　女性にかなわないなと感じるのは、捨て身でくるところ。僕は、すべてを放り出してはいけないから、たいてい女性に捨て身でこられると負けます。逆に僕がすべてを失ってしまうと、女性に何かをしてあげられる余力がなくなって、相手の女性も失ってしまいますから。女性は、男の臆病さの一枚上をいっていますよね。

――迫田も女性によって転がされるのが〝気持ちいい〟という感じがしました。

草凪　そういうのってけっこうオジサンにありがちな感性で。四十代くらいのオジサンは、若い女の子と付き合えば、救いようがない人生が救われるよね、と思ってしまう。でもそれは、女性から見ればとても気持ち悪い発想だと思うんですけど（笑）。うだつがあがらないサラリーマンでも、若い子とたまたまうまくいったら救いになると考えることって、あるんです。男ってそういう考え方をもっている人は多いのかなと。現実にはそれではダメだと思ってますけどね（笑）。

――迫田は、美奈子と一度セックスしただけで結婚を決めますが、女性としては、それだけで相手の男性と結婚を決めるという発想はあまりないかもしれません。それは男性側のロマンチシズムなんでしょうか。

草凪　俺が食わせてやる、と感じるのが男のロマンチシズムだと思います。永遠に一緒にいたい、ではなくて、「俺がなんとかする、俺が担いでいく、君は神輿になる」っていう。担ぎたいんですよ、男は。力になりたい。そういうときに発揮する力ってあるんです。自分の人生が詰まってしまうと、自分だけの力では無理なんですよ。人のためだったら意外と力が出る。三十代後半から四十代の頃は、僕自身にもそういう気持ちがあった。人のためだとできることがあるという……現実にはできないんですけどね（笑）。できるんじゃないか、と感じることはあります。

――迫田はもともとバンドマン崩れで、果穂に食べさせてもらっていた立場だからこそ、余計にそう感じたのかもしれません。

草凪　自分がなんとかしたい。それは偽善なんだろうけど……それだけともかぎらないんじゃないかな。支えたい、柱になりたい、そういう願望ってあると思いますよ。若い頃は自分のために生きようと思うじゃないですか。でも若くなってくると限界を感じる。自分に才能がないと気づいてしまうと、力を出すには人のためになるしかない。サラリーマンでも「ローンを背負って一人前」というところがある。男社会ってそういうものだから。でも高校を卒業してもバンドなんかやっている男は、そういうことをバカにして生きてきた。「アホか、自分のために生きるんだ」と。でも自分に限界を感じたときに「ローンを背負っている人間にはかなわないな」と感じるんです。人間って、遊んで暮らしたいという願望もあるんですけど、その半面、真面目に働いて暮らしたいという願望もあると思うんですよ。それをうまく利用しているのがブラック企業の経営者でしょう(笑)。

――女性にもその感覚があると思いますか?

草凪　例えば、迫田が三十五歳で「人を支えるために」と変わったように、いままで結婚なんかに否定的で自由に生きてきた女性が、三十歳を過ぎて急に結婚が決まるとハイになるじゃないですか。結婚したら親が泣いて喜ぶ……とか。欲望って、自分のための欲望も大きいけれど、自分の欲望には他人の欲望も反映されるんですよ。周りも安心するから自分も安心する、周りが幸せだから自分も幸せという。三十過ぎまで自由にやってきた人ほど、そのギャップにハマりがちだと思います。

女性読者がエロいと感じるセックスシーン

――セックスシーンについても教えてください。草凪さんの作品には、帯にもあるとおり「性と生」が感じられます。セックスシーンもパワーがある印象をもちました。匂いまで感じられる文章です。

草凪　僕の作品を読む人は「キャラクターがいいですね」とか「オチがおもしろいですね」って言うけれど、僕が書く濡れ場は日本一だと思っています（笑）。話を書くのが上手な人はほかに大勢いるけれど、濡れ場に関しては練りに練っているから、そこをいちばん褒めてもらいたい（笑）。日本の言葉はほぼ視覚なんですよ。例えば赤だったら「朱」「紅」だったりと検索すればいくつも出てくるけれど、匂いの描写なんて「甘酸っぱい」とか「馥郁《ふくいく》と」とか、極端に少ない。そのなかでも言葉を選んでいかないと、と思っています。

――匂いフェチという官能小説家もいますよね。

草凪　フェチの人は、誰の匂いでも平等に愛するけれど、僕は好きな女性の匂いしか好きになれない。女の人は「匂いフェチ」と自分で言っても、彼氏の匂いとか子どもの匂いとか、相手が特定されているけど、相手が特定されないのが本当のフェチ。そういう意味では僕は女性的です。

――草凪さんのセックス描写自体が、〝人ありき〟だと思います。

草凪　そもそも官能小説って、フェチの理屈と同じで、女性を記号化したほうが簡単に興奮できるんです。それはそれで完成形に近づいてきているけれど、僕はそうじゃないことをやりたい。厚みあるキャラクターだったら「四十二歳のオバサン」も生かせるけれど、記号として「四十二歳のオバサン」を出してしまったら、誰も読まない。

――そういった視点を、女性読者がエロいと感じるのかもしれません。草凪さんはご自身の思いや経験を反映してキャラクターに厚みをもたせていますが、自分をすごく客観視されていますよね。

草凪　僕のなかでは根本的に女性読者という特別な存在はなくて。自分に向けて書いているというか、自分のなかにもう一人の読者がいて、そこに向けて書いているんですが、こうして女性読者の話を聞くとおもしろいですね。客観視できているのは、いま自分がいるのが「谷」だからですよ。独身で、夢のなかにいないからそう言えるだけで。結婚してうまくいっていたら、言えないですよ（笑）。もしかしたら、そういう「谷」のときのほうが、いい作品が書けるのかもしれないですね（笑）。

草凪優（くさなぎ・ゆう）
東京都生まれ。沖縄県在住。脚本家を経て、二〇〇四年に官能小説家としてデビュー。著書に『夜の私は昼の私をいつも裏切る』（新潮社、二〇一〇年）、『堕落男』（実業之日本社、二〇一四年）、『幻妻』（双葉社、二〇一五年）、『魔窟』（徳間書店、二〇一五年）などがある。

第2部

オススメ官能小説レビュー

――〝女〟って、こんなにおもしろい！

ここからは、私が自信をもっておすすめできる官能小説や性を題材にした小説五十九作を紹介します。ディープな官能小説はもちろん、物語性を重視した小説まで、幅広く取り上げています。登場人物のヒューマニズムに触れて、より深く物語の世界に入ってみてはいかがでしょうか。

第1章　性

この章では、セックスはもちろん、人としての性《さが》を軸にしている作品を集めました。性に翻弄される男女の物語は官能小説独特のヒューマンドラマを描いています。さまざまな人間模様に触れ、物語に登場する人々の生活を覗き見してみてはいかがでしょうか。

美人妻が「セックスしたい」と大暴走――『次々と、性懲りもなく』が描く欲深き女の魅力
菅野温子『次々と、性懲りもなく』

美人の欲は、底なしだと思っている。生まれながらの美貌が、幼い頃から彼女たちに特別感を与えるからだ。筆者が幼稚園児だった頃、同じ園に通っていた幼児モデルの子は、お遊戯会で当たり前のように主役を演じていたし、小学生の頃の美形の友達は、誕生日やホワイトデーに男子から大量のプレゼントをもらっていた。自分からアプローチしなくても、自然と周りにもてはやされてしまう。だからこそ、自分の思いどおりにいかないことに遭遇すると、戸惑い、許せなくなってしまう。美人がほかの人よりも欲深くなるのは当然だ。

『次々と、性懲りもなく』の主人公・真紀は、生まれながらに人を引き付ける容姿をもっている。しかし容姿以外には、取り立てて才能もやりたいこともなかった真紀は、母から「結婚するなら、医者か弁護士」と教えられたとおり、お見合いパーティーを通じて歯科医と結婚した。

ゴールインしてから三年。広い庭付きの戸建てに住み、夏には軽井沢の別荘に出掛け、週に一度はメイドが掃除をしにきてくれる。そんなこれ以上ないくらい贅沢な暮らしを送っているのだが、ただ一つ、真紀には満たされない欲望があった。それは性欲だ。

歯科医という多忙な仕事柄、夜になると夫の気力は残されていない。淡白な夫とのセックスは次第に回数が減り、真紀は自慰で性欲を満たすようになっていた。

自分の指を操り「イク」ことを覚えた真紀は、これが男の人が相手だったらいったいどうなるのだろうという好奇心から、家庭の外に男を求めるようになる。最初のターゲットは、中学時代の同窓会で再会した成瀬隆史。真紀は、一線を越えようと意気揚々と挑んだが、彼とのセックスでは満足できずに、またほかの男を探す。

次の標的は、学生時代の知人であり、当時から遊び人だった香山だ。再会したときから、香山は真紀の「セックスがしたい」という願望を把握していた。食事とドライブのあとでホテルにチェックインし、真紀は香山の荒々しい唇を受け入れるのだが……。

金も美貌も何不自由ない暮らしももちながら、なおかつ気持ちいいセックスもほしい。タイトルどおり〝性懲りもなく〟次々とほしがり、手に入れる真紀。筆者をはじめとする、〝もたざる〟読者は、そんな彼女が実に浅はかであることに気づくだろう。香山に抱かれて喜ぶ真紀は、彼が自分を蔑んでいることに気づいていない。そこが彼女の最大の落とし穴なのだ。

しかしながら、そんな底なしの欲望をもつことに対して、何一つ悪びれず、迷いを抱かない彼女に魅力も感じてしまう。

その欲深さがなぜか下品にならないのは、真紀が美しいためではないだろうか。多くの女が「もっと美しくなりたい」と努力をするが、真紀にはその努力も時間も必要ない。しかも、何もしなくても自然と男が寄ってくる。彼女には生まれ持った〝余裕〟があるからこそ、声を大にして何かをほしがり、手に入れることがさまになるのかもしれないと感じた。「よくばりで何が悪いのよ」と開き直れる精神力が、平凡な女である筆者の目にはまばゆく映った。

欲深き美人の愚かさと潔さ――『次々と、性懲りもなく』は、女の複雑な魅力を凝縮したような一冊である。

（〔マガジンハウス文庫〕、マガジンハウス、二〇〇九年）

セックスで育てる女は〝母〟と重なる?――『そして二人は性の奴隷に』に読む、男の悲しさ

草凪優『そして二人は性の奴隷に』

生まれて以来ずっと、誰よりも近くで自分を育ててくれた母を「いちばんいとしい女」と言う男は

少なくない。まるで絶対崇拝するかのように母を語る男を見ると、「どんな女だろうと彼の母に代わることはできないんだろうな」と思ってしまう。しかし逆手に取れば、男の母親崇拝は、男を落とすための最強の武器になるのではないだろうか。『そして二人は性の奴隷に』にも、そんな女が登場する。

本作は、『突然 僕はあなたのしもべに』『やがてお前が俺の主人に』（ともにKADOKAWA、二〇一四年）と続いた三部作の完結篇。前二作には、ごく一般的なサラリーマンの遼一が、ひょんなことから絶世の美女・麗子と出会い、彼女とのセックスに魅了され、落ちていく姿が描かれている。遼一に決して体を触らせない麗子は、子犬を調教するように彼を〝マゾヒスト〟として開花させていく。そのせいで、遼一はフィアンセの奈央も職も失い、あげくの果てには、麗子が主宰するセックス教団ラブリングを守るために麗子をかばって罪をかぶり、刑務所に入ってしまうのだ。

そして本作は、遼一が三年間の刑務所暮らしを終え、場末のソープランドの店主として再スタートを切るところから始まる。一度は「麗子のためなら死んでもいい」とまで思い愛情を注いだが、彼女にとって大事なのはラブリングであり、遼一ではなかった。刑務所に入っている間、麗子は手紙の一つもよこさなかったのだ。

遼一のなかにふつふつと復讐の念が湧いてくる。薄汚いソープランドの一室で寝泊まりしながら、遼一はその復讐として、麗子を犯すことを決意する。ラブリングで麗子の部下として働いていた真奈美を拉致して麗子の居場所を吐かせ、ついに二人は三年ぶりに再会を果たすことになったのだが……。

一人の男を転落させるに足る麗子の魅力は、前作『やがてお前が俺の主人に』に登場した、遼一が同棲・婚約していたフィアンセの奈央と比べるとよくわかる。彼女たちが遼一にとって、いかに正反対な女なのかがおもしろいのだ。

奈央とは〝生活〟をともにする関係である。セックスも、妻として今後寄り添ってもらうための行為であり、それはつまり遼一が奈央を支配するものだった。だから、遼一のマゾヒストの性癖を引き出すことは奈央にはできないのである。一方で麗子とは、育て／育てられる関係なのだろう。自分のなかに潜んでいたマゾ気質を引き出してくれたという点で、麗子は〝母親〟なのかもしれない。

奈央を捨て、麗子に激しい執着を見せたのは、彼女のなかにある母が遼一を包み込んだから。「いい女」と称される女は数あれど、男を最も狂わせてしまうのは「セックスで男を育てる母のような女」なのだと、麗子は教えてくれる。

（角川文庫〕、ＫＡＤＯＫＡＷＡ、二〇一四年）

女の劣等感にひるまない男は理想的？――『エスプリは艶色』に見る、女のセックスの本懐

新藤朝陽『エスプリは艶色――書き下ろし長編初体験エロス』

どんなコミュニティーのなかにも、たいてい一人は存在する〝マドンナ〟的女性。見た目の美しさはもちろん、いつも笑顔で常に前向き、ネガティブな印象をいっさい与えないような女性のことだ。そんなマドンナの周りには、常に男が集まる。意識しなくても男を引き付けるマドンナが、『エスプ

リは艶色』にも登場する。

本作の主人公・健太は、ある一人の女性の存在によって大きく人生を動かされた。地方の高校三年生である健太は、毎朝新聞配達にやってくる大学生・麻衣子に引かれていた。柔らかなセミロングのポニーテールに、健康的に引き締まった肢体をTシャツとショートパンツで包み、毎朝、明るい笑顔で健太にあいさつしてくれる。

童貞の健太にとって、麻衣子はあこがれの存在だった。受験勉強も手につかなくなるほど、彼女との行為を妄想し、自慰にふける日々を送っていたが、ある日を境に麻衣子は健太の前から突然姿を消してしまう。彼女は父親の会社が倒産したため、新聞奨学生制度を使って大学に通っていたが、生活苦に心を閉ざし、家に引きこもってしまったのだ。

そして健太は、心理カウンセラーの道を志す。心を閉ざした麻衣子を救いたい、そして大勢の人々の力になりたいと、健太は死にもの狂いで勉強し、見事に志望校に合格した。

上京し、麻衣子と同じように新聞奨学生制度を利用して大学に通うことになった健太。彼が住むことになった寮には、さまざまな人が住んでいた。メロンのようなバストをもつ四十五歳の美女、保奈美。コスプレが趣味の百合亜。モデルのようにスレンダーなスタイルをもち、彫刻のように美しい顔立ちの水樹。そして近所の銭湯の美人娘、静香。

彼女たちは、それぞれ心のなかに闇をもっている。保奈美はブラザーコンプレックスで、水樹は幼い頃から高身長だったために、同級生の男の子にからかわれていた。心理学を学ぶ健太は、彼女たちのなかにくすぶるわだかまりを解きほぐしていくうちに、体の関係をもってしまう。麻衣子というマドンナに罪悪感をもちながらも、健太は彼女たちの体に溺れるのだが……。

健太と関係をもった女たちを見ていると、「体と同じくらい心も開かなければ、セックスで満足を得られない」という女の一面を考えさせられる。体と同時に心も開かせる健太は、経験こそ浅いけれど、女扱いに相当長けた男のように思えてくるが、一方で健太もまた彼女たちによって、童貞を卒業し大人の男へと成長していったわけだ。

そして、やはり気になるのが〝マドンナ〟麻衣子の存在である。健太が麻衣子に引かれる理由もまた、彼女の心に闇があったからなのではないかと思う。美しく、明るく、前向きに見える麻衣子だからこそ、健太の目にその小さな〝染み〟が魅力として映ったのではないだろうか。

筆者からすると、女が男に心の闇を見せるフリをすることなど容易にできるだろうと思ってしまう。正直あざといとさえ感じるけれど、麻衣子は、無意識のうちにそれをやってのける素質があるという意味で、真のマドンナなのかもしれない。

しかしあらためて、男に心を開くフリをするのは簡単でも、本当に心を開くのは難しいなと思う。体が大前提である男たちにとって、女の心の暗部は魅力になる場合よりも、とたんに引かれてしまう場合が多いから。麻衣子をはじめ、女たちの心の闇を目の当たりにしても、決してひるむことなく包み込む健太は、ある意味理想の男性像なのかもしれない。

（『双葉文庫』、双葉社、二〇一四年）

百年たっても愛される情念の歌集、与謝野晶子『みだれ髪』を官能作品として読む

与謝野晶子『みだれ髪』

いまの時代は、誰しもある程度自由に恋愛ができ、そのことを自ら発言することもできる。例えば、世間的に批判される不倫という恋を選んだとしても、インターネット上で匿名でその恋愛について語ることができ、共感を寄せてくれる同志とネット上で知り合うことも可能だ。

しかしこれが母親の世代、祖母の世代だったらどうだろう。不貞はもちろん、女性側から情熱的に男性を愛することとさえ軽蔑された時代だ。子を産むため、子孫を残すため、男と女がつながる目的は恋愛ではなく〝家〟だった。

そんな時代に堂々と女の情熱を描いた歌人・与謝野晶子。ここでは少し趣向を変えて、彼女の代表作『みだれ髪』のなかに点在する〝官能〟をひもといてみようと思う。

『みだれ髪』が刊行されたのは、いまから百年以上前の一九〇一年。収録されている作品のほとんどは、家庭をもつ与謝野鉄幹への情熱的な思いをつづった歌である。彼女の歌には、女独特の色気や、女の腹黒さも表現されている。例えば、誰もが一度は触れたことがあるだろう、次の作品もそうだ。

「その子二十櫛にながるる黒髪のおごりの春のうつくしきかな」（訳：「若い女性の流れるような黒髪の美しさ。そんなことを誇らしく感じる青春時代は、なんと美しいのだろう」）。これは「女は慎ましくあ

れ」という時代への、女の反抗心を詠んだ歌である。また、「人の子の恋をもとむる唇に毒ある蜜をわれぬらむ願い」（訳：「迷い多き人間が甘さだけをほしがって恋を求めるのならば、私はその唇に毒の入った蜜を塗りましょう。そんな願いを持っています」）は、恋は決して甘美なものではない、苦痛をも味わうことこそが恋だという歌で、妻と子をもつ鉄幹に恋いこがれていた晶子だからこそ歌えた作品だ。

ほかにも晶子は、当時の女性たちにとって〝タブー〟とされていた性愛にも強く関心をもち、歌によってそれを世に知らしめた。例えば、次の作品がそうだ。「乳ぶさおさへ神秘のとばりそとけりぬここなる花の紅ぞ濃き」（訳：「乳房を押さえながら、私は性愛という神秘のベールをそっと蹴りそこへ入ったのです。燃える心と体を包む愛の園。そこに咲く花の紅のなんと濃いこと」）。この作品は、男と寝ている晶子自身のことを詠んだのではないかと私は思う。愛する男に抱かれて果てるという快楽の頂点に足を踏み入れたときの、女の生々しいほどに鮮烈な様子が描かれている。

時代に左右されることなく、何の躊躇もせずに、自らの女の部分を歌に込めて発表していた晶子。家庭を捨て、彼女を選ぶことになった鉄幹とともに、世間からは激しい誹謗中傷を受けて裁判沙汰になったというが、両親や親戚、それまで周りにいた大勢の友人たちを敵に回してまで、鉄幹を愛することを決めた彼女の歌からは、現代の女性たちにはとうてい抱けない、強い意志を感じるのだ。

社会にさえ背を向けるというほどの行為だった「既婚男性を愛すること」、現代では、そのタブー感もすっかり薄らいでしまった。晶子ほどの強い意志をもって、既婚男性を愛する覚悟を決める女性も少なくなっただろう。情報過多な社会によって感情が希薄になった現代の女性たちにとって、『みだれ髪』のような激しい恋心を抱くことが一種の〝あこがれ〟になっているからこそ、百年の時を経てもこの作品が愛されているのではないか、と思う。

官能作品を読むとき、私たち読者は単純にセックスシーンに心をたぎらせたり、ストレートな恋愛描写に心を寄せたりする。『みだれ髪』に収録されている短歌の数々には、どこにも直接的な性描写はない。しかし晶子が選ぶ言葉の数々を目で追い、心で咀嚼していくたびに、晶子のように性愛を真正面から受け止めようとする自分自身に気づくのではないだろうか。それもまた、官能の楽しみ方の一つである。


（短歌とその訳の引用：与謝野晶子『みだれ髪』〔新潮文庫〕、新潮社、二〇〇〇年）

『淫ら上司』に見る、スポーツクラブが男にも女にも〝エロティック空間〟なワケ

睦月影郎『淫ら上司――スポーツクラブは汗まみれ』

スポーツクラブという場所は、よくよく考えると、実にエロティックな空間である。老若男女が薄いウェアに身を包み、同じ空間で一心不乱に汗を流す。当然それは健康的な風景だけれど、男女ともに相当希少な場ではないだろうか。男性の髪が汗で乱れている様子、女性のファンデーションが落ちる様子……大人たちがそんな姿を異性に見せる機会なんてめったにない。温泉施設か、ベッドのなかくらいではないだろうか。

特にスポーツクラブのプールではエロティックさが格段に増す。海水浴場やホテルのプールとは違い、みんなスポーティーな競泳水着を身に着けている。見せるためではなく泳ぐために作られた水着。

その姿に健康的とは裏腹な、〝見せるためではないエロさ〟を感じる人も少なくないはずだ。
『淫ら上司』は、そんなスポーツクラブが舞台だ。昔からAVなどで「エロいと思っちゃいけない場だけれど、やっぱりエロい」とされてきた禁断のシチュエーション、スポーツクラブでさまざまな女たちが性欲を解放する。

主人公の慎司は、大手不動産会社の新入社員。系列のスポーツクラブに配属された慎司は、小柄で華奢という冴えない風貌で、運動も苦手な童貞ボーイである。そんな慎司が、スポーツクラブで知り合う女性たちと、次々にベッドをともにしていくことになる。

まず、〝童貞食い〟の巨乳主婦・麻衣子。彼女の自宅のフィットネス器具の様子を見にいくことになった慎司は、ひょんなことから麻衣子にリードされて童貞を喪失してしまう。次に、上司の冴子だ。真面目そうな眼鏡が特徴的な冴子は、彼を自宅に招き入れて「はじめての女になりたい」と、彼を抱いた。年上だけではない。慎司は年下の同僚・真希とも関係をもつ。DVDの接続ができなくて困っていた真希の部屋に行き、そこから雪崩式にセックスへと持ち込み、彼女の処女を手にしたのだ。そのあとも次々と彼の前には女たちが現れて、身体を重ねていく。冴えない童貞だった彼は、スポーツクラブという場を介して見事に成長していった。

筆者が通っているスポーツクラブでも、中年男性がプールサイドのチェアで長時間寝そべり、水着姿の女たちを眺めていたりする。本来であればタブーである、男が女をちらちら観察する行為だが、なかには「見られて当然」といった自信あふれる面持ちをした女性もいる。反対に女が男を……という光景もよく見る。
スポーツクラブとは、ストイックな精神を育み、体を鍛え抜いて、いまとはまったく違う新たな自分を作り出す場である。だからなのか、異性からの視線を浴びることさえも、〝トレーニングの一環〟とみなしている人が一部にはいるように思う。慎司のように……まではいかないかもしれないが、女にとっても、男たちの視線を感じることで女を磨ける場なのかもしれない。スポーツクラブとは、なんとも官能的で摩訶不思議な場所である。

（『実業之日本社文庫』、実業之日本社、二〇一四年）

かつての先生への淡い恋心が〝タブー〟を生む！
——高校教師の愛欲を知る『ももいろ女教師』
葉月奏太『ももいろ女教師——真夜中の抜き打ちレッスン』

思春期の頃、いちばん身近に接していた年上の男性は〝先生〟だった。いま思えば、それほど年が離れていたわけではなかったのだが、スーツを身にまとい教壇に立っているだけで、クラスにいる男子生徒とは一線を画す大人の匂いを感じたものだ。
くたびれた背広姿や猫背ぎみの背中、セットをしていない寝癖にさえも、〝大人〟の味付けがされ、女子生徒の目にはプラスポイントと映った。十代の頃、一度くらいは先生にあこがれた人も少なくないだろう。筆者も実はその一人だ。

葉月奏太『ももいろ女教師——真夜中の抜き打ちレッスン』

『ももいろ女教師』の主人公は、社会科の男性教師・小倉だ。四十二歳独身、トレードマークはくたびれたグレーの背広。どの学校にも一人くらいはいたような、うだつがあがらない教師だ。同僚には、彼が受け持つクラスの副担任の美穂がいる。かっちりとしたスーツに身を包み、常に冷静沈着な美穂だが、二十七歳の熟れた体はタイトなスーツの上からも魅惑的なラインを描いている。小倉はひそかに美穂にあこがれていた。

一つの高校を舞台に、大人たちの愛欲は交差していく。ある日の放課後、小倉は後輩の同僚・桐生と美人養護教諭・沙織が抱き合っている場面を目撃してしまう。まるで金縛りにあったように、その場から動けなくなった小倉。沙織が桐生のズボンを下げ、彼のもとにひざまずいてオーラルセックスをする様子を、小倉は固唾を飲んで目に焼き付けた。その後小倉も、保健室で沙織と体を重ねることになる。

また、学年主任の石山は、教え子の母親である未亡人の由希子と関係をもつ。夫の死去によって抑圧していた性を、石山と体を重ねることによって解放した由希子は、子どもの担任である小倉をも誘うようになる。そして別のところでは、桐生が美穂に愛の告白をしていた……。

子どもである生徒たちに気づかれないところで、さまざまな大人の楽しみを謳歌している大人たち。思春期の頃には、教師をある種の〝アイドル的〟な存在として見ていた人もいるように思う。しかしそんなアイドルたちも、一歩教卓を離れると、一人の雄と化すことを、この作品にあらためて気づかされた。

笑顔をふりまく新人教師やカタブツの学年主任が女と交わる。教師への初恋の淡い思い出も、振り返るといやらしいベールをまとって淫靡に感じられる。あの頃、教師へのあこがれが強かった人にとっては、〝いまだからこそ〟わかってしまうタブーに満ちた官能が詰まった一冊である。

（〔実業之日本社文庫〕、実業之日本社、二〇一四年）

アル中女と元ヤクザの恋愛劇——『ヴァイブレータ』に描かれる「認められたい」女の欲望

赤坂真理『ヴァイブレータ』

小説のなかに、自分自身とシンクロする描写を見つけることは、読書をするうえで何よりも至福の瞬間だと思う。自分とはかけ離れた、絵本のようなシンデレラストーリーにどっぷりと浸ることも楽しいけれど、フィクションのなかに、ふと自分の胸の内をのぞかれたような描写を見つけたとき、「言葉にできない思いを代弁してくれた」「自分を肯定してくれた」と感じて安心する。そんな経験はないだろうか。

『ヴァイブレータ』は、二人の男女だけが登場する、静かだが激しい恋物語である。主人公は、頭のなかの声に悩まされ、不眠や過食、嘔吐、アルコール依存症を抱えて生きているライターの「あたし」。彼女は、いつものように酒を求めて深夜のコンビニへ足を運ぶ。そこで知り合ったのが、長距離トラックの運転手である岡部。彼は、ろくに学校にも通わず、あらゆる悪行を経てからトラック運転手になった元ヤクザである。

赤坂真理『ヴァイブレータ』

流されるままに岡部のトラックに乗り込み、セックスをする主人公。彼女のなかに欠落している部分が岡部で埋められたとき、頭のなかから〝声〟が消える。彼女は、岡部の長距離トラックに便乗し、新潟への旅に出るのだが……。

精神的に病んでいる主人公と、元ヤクザの岡部。一見、私たちとは無関係に感じる経歴をもつ二人だが、彼らの人間関係は、ありきたりな普通の男女の仲として描かれているため、別の世界の出来事とは感じない。

むしろ、まだ社会的に女の立場が弱く、女一人で生きていくにはつらいと感じる場面も少なくないいまの時代、この主人公に共感する女性も少なくないはずだ。些細とはいえ困難や悲しみを心のなかに蓄積しながら踏ん張って生きていると、主人公と同様に溺れるような息苦しさを感じることもあるだろう。

そんな主人公への強い共感から、岡部を「女にとっての理想の男性像」だと感じた。いや、もがく主人公を強く抱き、導いてくれる岡部は、もはや「女が求める理想の男は、彼のような男以外に存在しない」と思わせてしまうほどの魅力をもっている。

『ヴァイブレータ』とは、主人公が「言葉にできない思いを代弁してくれた」と、そして岡部が「自分を肯定してくれた」と感じられる作品なのかもしれない。岡部のような男が、もし自分の前にも現れたとしたら……読後そんな思いが募れば募るほど、女がどれほど「自分を認めてもらいたい生き物」なのかを実感させられる一冊である。

「セックスは恋愛のうえにある」という頭でっかちな人に一石を投じる〝淫道家〟小説

沢里裕二『淫府再興』

（〔講談社文庫〕、講談社、二〇一三年）

若年男性のセックスレスや恋愛離れがいわれて久しい昨今。デートスポットの〝アイコン〟とされているテーマパークへも、男性だけの五、六人グループで訪れるのが珍しくなくなったという。彼らはおそろいのキャラクター帽子をかぶり、カップルで訪れる来場者には目もくれず、満面の笑顔で男性だけの青春を謳歌している。

女性など必要ない、セックスなんていう行為は面倒以外のなにものでもない。女性を口説いたり、相手を喜ばすために面倒なプロセスを踏まなければいけないくらいならば、性欲なんてオナニーで片づければいい。女である筆者からすると、「そういう時代」と一蹴できない現状である。

若者をセックスから遠ざけるようになってしまった要因の一つに、セックスの高尚化があるのではないかと筆者は考えている。いわゆるトレンディードラマや月9ドラマ（月曜日午後九時放送の連続テレビドラマ）が当たり前のように大ヒットしていた時代、セックスは恋愛の延長線上だけに存在する行為だったように思う。体を重ねる理由は、相手をより深く知り、自分を知ってもらいたいから。そんなセックス観が世に広まった結果、言葉では言い表せない愛情を伝えるための手段＝セックスは、尊いものと思われるようになったのではないだろうか。

もちろんそれはある意味、正しいあるべきセックスの姿だ。しかし、もっと時代をさかのぼると、日本には、男が働く場には遊郭が当たり前のように存在していた。そして、そうした場で遊ぶことが大人の男たちのたしなみにもなっていたのだ。いまよりもっと自由にセックスを楽しみ、肌を重ねることに喜びを感じていた——そんな時代を彷彿とさせる官能小説と出合った。

『淫府再興』に登場する人物たちは、誰もが自らの性欲に対して素直で、誰の目もはばかることなくセックスを楽しんでいる。ストーリーの主軸になるのは、京都のとある老舗香舗の若女将・光恵。彼女の裏の顔は、千年の歴史をもつ〝淫道家〟の宗主だ。彼女は毎日「淫の香」を焚いて、男に見られながら自慰を繰り返す。その射るような視線を感じながら、脳裏では犯されている自分を想像するのだ。

淫道家の宗主である光恵の周りには、吸い寄せられるように淫らな男女が集まってくる。なかでも印象深いのは、淫道家の素質あふれる逸材、女子大生の真奈美だ。彼女は、満員電車のなかで集団痴漢にあうためにわざと短いスカートを身に着け、毎朝男たちにもてあそばれている。そんな彼女に目をつけたのが、真奈美が通う女子大の教授である佐川だった。彼は彼女が根っからの淫乱だと踏み、彼女とともに京都を訪れて、仁王像の前で真奈美を〝試す〟のだった——。

ラストまで息もつけぬほどのスピード感がある性描写。男たちは女を貪り、それを受け止める女たちも喜びの声を上げる。物語としておもしろいのはもちろんだが、筆者は本書から受け取る著者・沢里裕二のセックス観に興味をもっている。

〝淫道家〟という設定もさることながら、「男性が女性器の中に拳骨《グー》を挿入したのち、手を広げてパーにする」といった突飛なセックス描写などからは、性を滑稽なものと捉えていることがうかがえる。「セックスってバカバカしくて、楽しいよ」という、あまりにもピュアでストレートなメッセージが感じられるのだ。

「女とは？」「セックスは恋愛のうえにある」と考える頭でっかちな昨今の若者を、本書は軽く笑い飛ばしているようだ。男性がもっと肩の力を抜いてセックスを楽しみ、それに呼応して女もさらなる快楽を得る。正しいセックスにとらわれすぎている人にはオススメの一冊だ。

（〔講談社文庫〕、講談社、二〇一三年）

「お医者さんごっこ」はなぜ楽しかったのか――谷崎潤一郎「少年」に考える〝子どもと快楽〟

谷崎潤一郎「少年」

十歳前後の自分を思い返すと、大人になったいまでは背筋が震えるような思い出がいくつかよみがえる。最もゾッとするのが「お医者さんごっこ」だ。

幼い頃何も考えずに「お医者さん」と「患者」を演じ、友人である男の子の前で服をまくり上げて触診させるという「ごっこ遊び」を楽しんでいた人もいるのではないだろうか。また、ある程度分別がつく年齢になっても、いじめか遊びかの境界がわからない程度に、友人をからかうことがあった。男子が女子のスカートをめくったり、男子同士であれば、ズボンを下ろしたり……。

社会のルールとしてやってもいいことなのか、それともいけないことなのか。あの頃おこなった行為の理由は、いま振り返ると純粋に「気持ちいい」からだったのだろう。ここでは、そんな時代を思い出させる奇才・谷崎潤一郎の代表作「少年」を読み解いてみる。

主人公の栄は、ごく一般的な十歳の少年。ある日、金持ちの坊ちゃんである同級生の信一に声をかけられ、彼の自宅の祭りに招かれる。信一は、泣き虫で気が弱く、常に女中をそばに従えていることから、遊び相手が一人もいなかった。

そんな彼が声をかけてきた。よく見れば、やはり品がある容姿をもつ信一に「選ばれた」という喜びから、栄は承諾する。

自宅を訪れた栄は、信一の振る舞いに驚く。甲高い声を上げ、姉である光子を涙ぐませるほど強気に振る舞う信一は、普段学校で見かける臆病な姿などみじんも感じさせなかったのだ。また、学校のガキ大将である仙吉をも家来のように扱っていた。愛らしい顔立ちをした信一は、普段後輩をいじめている仙吉に唾を吐きかけ、縛ったり叩いたりと、残酷な「遊び」に興じていた。しかし翌日学校に行ってみると、相変わらず仙吉は弱い者いじめをし、信一は運動場の隅で背を丸めていじけていた。

信一の女中に声をかけられ、再び彼の家に招かれることになった栄。そこには光子と信一、そして仙吉の姿があった。四人は不思議な「ごっこ遊び」を楽しむ。信一は栄と仙吉を犬として足を舐めさせ、小刀で傷をつける。彼らは互いに相手を痛めつけることに快楽を見いだすが、ある日、いじめられ役だった光子は、とある秘策に出る……。

次第にエスカレートしていく子どもたちの遊び。まだ官能という言葉など知らなかった幼い子どもも、本能的に快楽を求めていくものだと気づかされる。

また、彼らには、変動的なマゾヒズム、サディズムの関係性も垣間見える。知識と経験を経て、つい頭でっかちになってしまった私たち大人は、「私はSだ」と自分を位置づけてしまうとMとしての行為を受け入れなかったりする。普段それほどセックスに対して貪欲ではないと自任していた人が、パートナーを変えたことでセックスで感じるようになると、性に乱れる自分を否定したりすることもあるだろう。しかし子どもたちは、快楽の幅を狭めてしまう大人とは違い、その壁を簡単に乗り越え、純粋に快楽を楽しんでいる。

「少年」で描かれる行為は、現実的にはあまりにも危険なものだ。けれど物語として読み解くと、大人よりもいやらしいことをしている子どもたちに魅力を感じてしまう。彼らのピュアな快楽の追求は、理性でそれを制御してしまう大人たちには決して実現させることができないからだ。

(『刺青・秘密』〔新潮文庫〕、新潮社、二〇一一年)

『耳の端まで赤くして』から読み解く、女子校＝官能的な場所として描かれる理由

館淳一『耳の端まで赤くして』

今も昔も、官能小説の舞台に取り上げられやすいのが女子校である。筆者も高校時代は女子校に在学していたことから、女子校と官能が直結することは容易に想像できる。

女子だけの秘密の園である校内には、在学生だけにしか理解し合えない〝不可思議な関係性〟が存在していた。バレンタインや誕生日に、名物のモテる先輩にチョコレートを贈るのはよくあるほうで、実は「二人はレズビアンでは？」と感じさせる生徒が多くいた。

例えば筆者の学校には、お互いに男性の恋人がいるにもかかわらず、校内では恋人同士のように振る舞う同級生たちがいた。彼女たちはともに昼食を食べ、手をつなぎ、図書館ではぴったりと体を密着させて何事かを囁き合っていた。キスをしていた、休日に郊外のラブホテルから出てきた、なんていううわさが立ったこともある。また、女子校では生徒と男性教員との関係がうわさされることはしょっちゅうだが、女性教員とのうわさもちらほら流れることがあった。

これらはすべてうわさで、校内で都市伝説化していた部分もあるが、まだ十代と若く、恋愛対象が曖昧だった当時を振り返ると、あながちうわさだけでもなかったのかもしれないと思う。そして不思議なのが、こうしたうわさが立つ女生徒の大半は美少女だったことだ。

『耳の端まで赤くして』に登場する主人公・絵梨子は、お嬢様女子校に通うまっすぐな黒髪がトレードマークの美少女だ。

美しい絵梨子は、さまざまな人物から性の標的にされる。親友のユカとは抱き合ったりキスをしたり、お互いの性器に触れ合ったりする仲。夜になると、毎晩のように兄がベッドに潜り込んできて、寝たふりをしている絵梨子の体を撫で回し、彼女の体を「検査」する。

絵梨子をねらう者はほかにもいる。校内でユカといちゃついていた絵梨子は、保健室の先生である美雪に呼び出されて「お仕置き」を受ける。また男性教員、学園のマドンナなど、老若男女が入り乱れながら、絵梨子にセックス直前の行為をしたり、「我慢」という名目のプレイを繰り広げる。

美少女を主軸に、レズビアンや近親相姦などのシチュエーションがてんこ盛りな物語。一見、定番のスタイルの官能小説だが、読み進めるほどに深く魅了されてしまうのは、人それぞれの性的志向とは別に、私たち女性が一度は通ってきた若さゆえの「曖昧な性の境界線」を垣間見るからではないだろうか。特に女性は、無意識のうちに柔らかくてかわいいものに引かれてしまう。だからこそ、男性よりも簡単に性別の境界線を飛び越えることができるのかもしれないと思うのだ。

幼い頃は、男女の垣根はもちろん、立場や年齢をも飛び越えて相手を好きになっていた。例えば近所に住む同い年の男の子も好きだけど、少し年上の優しいお姉さんも好き。父親のような男性がタイプだという人も非常に多かったし、先生のことを好きになる同級生も大勢いた。

大人になればその境界線を前に足踏みをしてしまうところを、子どもの頃はその判別がつかずに「好き」という感情を簡単に抱いてしまう。そして、その感情を行動に移してしまうところも少女の危うさだろう。

さすがに高校生にもなると、性の境界線は守らなければならないというのはわかりながらも、若い好奇心で突き進んでしまうこともあるだろう。

人にとって「イケないこと」がどれだけ甘美なものなのかを無意識のうちに知っていた十代。そして、その禁断の領域に足を踏み入れていた美少女たち。彼女たちのような「キレイ」の領域に踏み込めない筆者は、彼女たちが繰り広げる美しい性愛の世界の傍観者であることが、何よりも楽しいのだ。大人になったいま、無邪気に足を踏み入れていた数々の禁忌を振り返りながら、この本を読み進めずにはいられない。

（〔幻冬舎アウトロー文庫〕、幻冬舎、二〇一四年）

平凡な女性会社員が体現する〝究極のセックス〟とは？

――『悪い女』に見る〝禁断〟の作用

草凪優『悪い女』

人はなぜこんなにもセックスに翻弄されるのだろう。言葉で説明できないような快感を導く行為は、決して道徳的な思考だけで説明できるものではない。例えば恋人ではない相手とのセックスが気持ちよかったり、妻子ある男性との関係に溺れてしまったり……危険をはらんだセックスは、通常の行為以上に気持ちよく感じることが多く、〝禁断〟を突き詰めると究極の快楽に到達する場合もある。ここでは、そんな〝究極の快楽〟に迫る作品を紹介する。

『悪い女』の主人公・佐代子は、二十四歳の派遣社員である。第一印象は清楚で、まるで就職活動中の学生のような風貌をしている。そんな地味な外見とは裏腹に、彼女は三人の妻帯者の男性たちとセックスフレンドとして関係を結んでいた。

職場の課長である野々村、バーで知り合った不動産会社を営む坪井、グラフィックデザイナーの片桐。佐代子は年齢も性癖もさまざまな三人の男たちと関係を続けるが、彼女の目的は愛情や金ではない。ほしいものは燃えるようなセックスだけ。家庭があり、地位がある男たちを体一つでとりこにし、陥れる。それが佐代子にとっては何にも代えがたい快楽になるのだった。

佐代子がこのようなセックスを好むようになったのは、高校時代の出来事がきっかけだ。当時、バスケットボール部のマネージャーをしていた佐代子は、部員の永瀬に思いを寄せていたが、ある日親友の咲良に、永瀬に片思いをしていることを打ち明けられ、永瀬と咲良は付き合うことになった。そして佐代子は、告白されるがままに永瀬の親友と交際を始めた。

しかし数カ月後、永瀬が実は佐代子のことが好きだったと告白してきたのだ。両思いだと気づいた二人は、誰にも打ち明けずに逢瀬を繰り返すが、互いの親友を裏切り、陰で交際をしていることが学校中にばれてしまい、クラスメート全員から無視されてしまう。

誰にも祝福されない交際は、佐代子をますます燃え上がらせた。学校が終わると永瀬の家へ行き、黙々と肌を重ねる。しかし最後は永瀬の両親に抱き合っているところを目撃されてしまい、二人は離ればなれになってしまう。
その後、苦くも狂おしい初恋の相手である永瀬と六年ぶりに偶然再会した佐代子。その出来事は、彼女を思わぬ運命へと導いていく……。

本作で、高校生の佐代子が永瀬とのセックスを「シェルターの中」と表現しているのが非常に興味深い。普通の高校生ならば、好きな人と気持ちがつながっただけでうれしいはずだし、周りから祝福されたいものだろうに、親友を裏切ったという背徳感や孤立した状況さえも、彼女は快楽にしてしまう。「シェルターの中」に身を潜めて無心にセックスを繰り返す彼女の初恋は、まるで成熟した大人のそれのようにも見えた。
裸で抱き合う男に「自分はどう映っているのか」と考えられる余裕があるうちは、まだまだ青い。汗まみれになり、恥ずかしい姿をさらけ出しているという意識さえなく、相手を強く求め、雌になる。佐代子のセックスに「究極のセックス」という言葉を思った。

（『実業之日本社文庫』、実業之日本社、二〇一五年）

性器の真上に「M」のタトゥー——SMに没頭する元援交少女に、「純粋」を感じてしまうワケ

サタミシュウ『私はただセックスをしてきただけ』

十代の頃に経験したセックスは、そのあとのセックスに大きく関わっていく。例えば、初めての相

手が潔癖性の年上男性だった筆者の友人は、オーラルセックスを知らないまま二十代中盤まで彼と交際していた。二十代半ばにして、初めてオーラルセックスを体験した彼女は、その恥ずかしさと気持ちよさに失神してしまったという。それまでの彼女にとって、セックスとはキスと愛撫、結合だけで成立していたのだ。

十代の頃のセックスとは、遊びの延長の行為だったり、「先に処女を捨てたほうが偉い」という価値観から、仲間内でマウントポジションをとるための手段だったりする。まだセックスというものがなにものか十分にわからない年代なのではないだろうか。そのために、自分のなかだけで「これが私のセックスだ」と位置づけたまま大人になり、ふと他人と比べてみると、あまりにも普通とかけ離れていることもある。

『私はただセックスをしてきただけ』は、サタミシュウの人気SMシリーズである。物語は、妻・美樹の秘密を知ってしまった夫の視点で始まる。セックスレスの妻を抱こうとすると、妻の陰毛はきれいに剃られ、性器の真上には「M」の文字のタトゥーが彫られていた――目を覚ました妻は、これまでの人生を語り始める。

高校一年生のとき、美樹は少し変わったかたちで処女を捨てた。そのきっかけは、友人の加奈子からの告白だった。加奈子は、恋人である大学生の久我が大学の仲間と作っている援交（援助交際）サークルに入り、援交をしているというのだ。「仲間に入らない？」と誘われた美樹は、躊躇しながらも、これまでコンプレックスだった自分の容姿が「売れる」ものだと知って、承諾する。久我と初体験をし、その後さまざまな男たちに抱かれていくたびに、美樹はずっとあこがれていた大人に近づいている気がして、うれしさを募らせる。

セックスを重ねた美樹が興味を持ち始めたのは、SMだ。緊縛される女性の写真を見て興奮しながら、実際に自分がその行為をおこなうのは、特別な相手とだけだと心の隅で感じていた。そんな美樹が、初めてSMプレイをした相手は、高校二年生のときの担任教師・向原だった。ある日、援交のためにラブホテルに入る姿を向原に見つかってしまった美樹は、「俺のものになれ。その男とは二度と会うな」と告げられ、狂ったように抱かれた。こうして美樹は向原のものになり、首輪を着けられ、ロープで縛られ、さまざまなプレイを要求されるようになったのだ。

しかし、向原との蜜月は長くは続かなかった。援交グループが摘発され、美樹の家にも連絡が入った。美樹は高校二年生の夏休み明けに退学し、祖父母の家に住むことになったが、四カ月ぶりに実家に帰ったとき、生涯の忠誠心を捧げるご主人様に出会う。そして美樹は、結婚後もそのご主人様との関係を続けていたというのだ……。

同級生たちよりも多くセックスを重ねることで、性に対して人一倍強い関心を抱いた美樹がたどり着いた究極の快楽が、奴隷としてご主人様に調教されることだった。

軽い気持ちで始めた援交が彼女の一生を狂わせたともとれるし、SMという行為は決して一般的とはいえないけれど、たった一人の男に忠誠心を捧げて愛し抜く姿は、まっすぐにさえ思える。はたから見ると真っ当な道からはずれていると感じられる人でも、思春期の頃に知った快楽をその後もひたすら追い求めているという意味では、もしかしたら純粋なのかもしれない。そんな発見がある一冊である。

（［角川文庫］、KADOKAWA、二〇一五年）

第2章　女

同性としても魅力を感じる女たちをつづっている作品を集めました。それぞれ個性的で魅力たっぷりな女たち。彼女たちの苦悩や生き方には、私たちが生きていくためのちょっとしたヒントも隠されていますよ。

『ジェリー・フィッシュ』に見たセックスの本質——少女らが首を絞め合う意味

雛倉さりえ『ジェリー・フィッシュ』

思春期の頃は、女友達を〝好き〟という気持ちに、友情と愛情の境界線をどう引けばいいのか難しかった。例えば、親友がほかの女友達と仲良くしていると嫉妬心が湧いてしまったり、付き合っている男の子はいるけれど、親友との時間は彼氏との時間以上に大事に感じて、親友との約束ばかり優先してしまったり。

感情のコントロールが未熟だった十代。雛倉さりえの『ジェリー・フィッシュ』は、そんな少女たちのピュアで残酷な恋心をみずみずしく描いている。

高校の同級生の、夕紀と叶子。二人の関係が始まったのは、入学式のすぐあとの学年旅行で訪れた水族館だった。一人ぽつんとクラゲの水槽の前にたたずんでいた夕紀。薄暗い空間のなかで、彼女に声をかけたのが叶子だった。

一人の世界を確立することで自我を形成していた夕紀に対して、叶子は決して目立つ存在ではないが、常に友達に囲まれていた。ゆらゆらとたゆたうクラゲの水槽の前で出会った二人は手を取り合い、叶子は夕紀に顔を寄せた。そして二人は、互いの体温を分け合うようにキスを交わしたのだ。

唇と唇が触れ合うだけの、熱を交換し合うような、熱いキス。これは夢なのか現実なのか――夕紀はそんな曖昧な感覚に襲われるが、唇に残されたリップクリームの香りだけが、はっきりとした現実だった。

好きな本や音楽など、好きなものだけを周りに集めて、面倒な人間関係をいっさい排除し、クラスメートからは「変わり者」とうわさされていた夕紀だが、叶子とキスをした瞬間から、彼女の世界はがらりと変化する。叶子と手をつなぎ、唇に触れるだけで、夕紀の目の前はぱっと明るくなる。叶子の存在こそが夕紀の希望になったのだ。

そして十代の二人は、何の躊躇もなく危険な快楽の世界に足を踏み入れる。夕紀の自宅でくつろいでいるとき、叶子はまるでセックスを求めるように「首を絞めて」と言う。男女であれば、セックスという快楽を共有することで二人の距離は縮まるが、女同士である彼女たちは、セックスのかわりにお互いの首を絞め合う。生と死の間をさまよう感覚を共有することで、彼女たちは結び付きを強固にしているのだ。

友情と恋愛の狭間で揺れる二人の仲を阻むのは、〝異性〟の存在である。同じクラスの祐輔から告白され、付き合い始めた叶子。祐輔に印を付けられるかのようにピアスの穴を開け、夕紀とのお決まりだった二人きりの登下校を減らしていく叶子。そして叶子は、ついに祐輔とセックスしたことを夕紀に告げる。それまで同性として越えることができなかった壁をいとも簡単に超えた祐輔に、夕紀は激しい嫉妬心を燃やす。どれほど求めても、体でつながることは永遠になしえない二人の関係の行方は……。


「男だろうと女だろうと、好きなものは好き」とでも言わんばかりに、同性という障害をいとも簡単に乗り越える夕紀。そんな彼女を見ていると、本来、人の純粋な愛情はひたむきに相手に向けられるものなのだ、と思えてくる。

そして、女同士の〝生殖〟が関わらないセックスにこそ、私はセックスの本質を見たような気がした。目に見える結合にとらわれることなく、人と人がつながろうと求め合い、気持ちよくなる行為。体だけで感じる表層の快感が伴わないとしても、必ず何かは感じている。首を絞め合いながら、夕紀と叶子が生と死を感じたように。

この十代の少女たちの物語に、大人が共鳴してしまうのは、固定観念や損得を抜きに、〝好き〟という感情に正直であってもいいと、許されている気になるからかもしれない。


（新潮社、二〇一三年）

「モテない女の妄想炸裂」？——男目線の「女性の官能小説」像に一石を投じる『華恋絵巻』
藍川京／蒼井凜花／うかみ綾乃／櫻乃かなこ／森下くるみ『華恋絵巻——美しすぎる官能作家競艶』

「官能小説」と分類されるためには、ある一つのルールに必ずのっとっていなければならない。一編の物語のなかで、最優先で表現されていなければならないのがセックスだということだ。私たちにとってセックスとは、あまり大声では話せない、秘密の行為。だからこそ、何よりも他人のセックスが気になってしまうというのも、女の性だろう。

あらゆる小説のなかで、最も異色なジャンルの一つといってもいい官能小説だが、最近では、女性読者が増え、新人の女流官能小説家も続々とデビューしている。「女流官能小説家」という言葉を聞いて、いったいどんな人物を想像するだろうか。「セックスを描く」女流作家という肩書から、彼女たちの性癖や男性遍歴など、あらゆる想像をしてしまうのは否めない。

『華恋絵巻』は、五人の女流作家の作品で構成された短篇集だ。「官能小説界の女神」といわれる藍川京を筆頭に、気鋭作家のうかみ綾乃、元CAの蒼井凜花、元AV女優の森下くるみ、現役看護師の櫻乃かなこと、実にさまざまな肩書の作家陣がそろった。

藍川京の作品「紫の万華鏡」は、呉服屋の主人と既婚女性との物語。仕立て上げられたばかりの着物に袖を通した主人公が、高級な友禅をまといながら攻められる姿は、しっとりといやらしい。

蒼井凜花の「蜘蛛と蝶」は、六本木近くのハプニングバーが舞台。恋人に連れられてきた主人公は、目の前の光景に目を見張る。あちこちの部屋で、さまざまなセックスを繰り広げる男女を目にし、主人公もまた、ハプニングバーでの快楽に溺れていく。

うかみ綾乃の「押入れ」では、幼い頃の思い出が残る郷里を訪れた主人公が、かつて押し入れのなかで乳首を舐めさせた従兄弟と再会する。

櫻乃かなこの「風鈴の鳴らない夜」は、男子看護学生と不思議な魅力をもつ入院患者の女性との話。ある日、病室のなかで患者にキスをせがまれた彼は、患者に魅了されていく。

最後に収録されている、森下くるみの「blue」では、家政婦付きの家に住む、優雅な暮らしをしている人妻が、友人と絵画展に行った帰りに鋭い眼差しの男に声をかけられる。そのあと、彼女が連れていかれた場所とは……。

「女が官能を書く」というと、特に男性には単純に「欲求不満のモテない女が妄想を小説にしている」と、どこか湿っぽい想像を膨らませる人も多いと聞く。

しかし、個性あふれる彼女たちの作品を読んでいると、まるで女同士の会話を盗み聞きしているように心が弾む。女たちがセックスを語るとき、セックスの行為そのもの以上に、相手の男性についてのほうがより多く語られる。例えば、二人の関係性や、彼の性格や背景、そして、相手の男性に抱かれたときの自分の感情――それらをすべてひっくるめて、女性はいやらしさを感じるのだ。女が抱く官能とは、性器の抜き差しだけではない。抱かれる相手と作り出す時間すべてに濡れるのかもしれないと、彼女たちの作品は教えてくれる。
官能小説を書く女性たちは、私たち普通の女性とまったく変わらないのではないだろうか。華やかで明るく、そしてどこかあっけらかんとしたいやらしさあふれる作品に、そんなことを感じる。『華恋絵巻』は、女性にも性欲はある、そしていやらしい妄想だってするということを、まるで女友達が肯定してくれているような一冊である。

(『宝島社文庫』、宝島社、二〇一一年)

亡父と妻の肉体関係を暴きたい——『砂の上の植物群』の色あせないまっすぐな性愛
吉行淳之介『砂の上の植物群』

子どもの頃、何げなく書店や図書館などで手にした本。そのなかに、官能的な表現が描かれていて、驚いた記憶はないだろうか。筆者が本書を手にしたのは、ちょうど中学生の頃。手当たり次第に本を読みあさっていたときに出合ったのが吉行淳之介の『砂の上の植物群』だった。この本には、当時の筆者が知らない男女の世界が書かれていた。ドキドキしながらページをめくっていた筆者は、いけない世界に踏み込んでしまったという罪悪感をもつ半面、幼いながらに大人の世界を垣間見てぞくぞくした覚えがある。

本書は、筆者が生まれる前の一九六四年に発表された作品だ。主人公は、四十歳前後のセールスマン・伊木一郎。彼は、最近完成された塔の上で不思議な少女と出会う。それは真っ赤な口紅を塗った女子高生・明子だった。彼女の姿は、一郎が以前働いていた定時制高校の教え子、朝子を連想させる。定時制高校に通い、居酒屋で働いていた朝子も、明子と同じように真っ赤な口紅をしていた。

塔の上で二度目の再会をした一郎と明子。彼女は一郎に「あたしの姉を、誘惑して」ともちかける。一郎は、明子の姉・京子が勤める酒場に通うようになり、やがて京子とも関係をもつようになる。

京子は誰とでも寝る女で、快楽のためならば乳首を噛まれてあざを作ることも、手首を縛られることも拒まない。しかし淫乱な京子は、妹の明子には純潔でいることを望む。明子は、姉のなかにある自身の偶像を壊したい衝動に駆られていたのだ。

一郎は、そんな姉妹のいびつな関係性を正す道具として使われていることを自覚する。そこに、一郎の父親への気持ちが交錯していく。

画家だった一郎の父。そのモデルをしていたのが、一郎の妻・江美子だ。北欧の血が入ったクオーターの江美子は抜群の美貌をもち、十七歳のときに父親のモデルをしていた。一郎は、亡き父と江美子が肉体関係を結んでいたのではないかと疑っているのだ。亡き父の影に操られ、女たちに翻弄される一郎の結末は……。

心のなかに潜む、いやらしい感情。しかし、男女問わず人は自身のいやらしさに照れがあったり、恥ずかしいと感じたりして、つい斜めから捉えてしまいがちだ。性愛と真正面から向かい合うのは恥ずかしいから、つい照れ隠しで笑いに変えてしまうという人も少なくないのではないだろうか。

けれど本書を読んでいると、登場人物たちはまっすぐに性愛と対峙している気がする。明子が京子に対して純潔でいたくないと感じるように、一郎が亡き父と妻の関係を疑うように、自分のなかにくすぶっているいやらしい感情を、誰もが恥ずかしがらずに堂々と表に出しているのだ。

もちろん最近では、女性もセックスに関して堂々と話ができるようになってきた。しかしそれはあくまでも、周囲の人々に引かれない程度のさじ加減のうえでしかない。根本的な性への不満や欲望は、決して他人と共有できる事柄ではないのだ。だからこそ、半世紀前の作品であるにもかかわらず、本書の性愛表現はいまも色あせずに、私たちの心に強く響く。

美しく、読み進めるだけで官能を感じる吉行淳之介の文章。その軽やかな文体で描かれる純粋な性愛は中学の頃の私にも衝撃的だったが、性に対して臆病になってしまった大人にこそ読んでもらいたい作品だ。

（〔新潮文庫〕、新潮社、一九六七年）

男の性奴隷と化したCAたち――『夜間飛行』が問う、女を花開かせるものとは？

蒼井凜花『夜間飛行』

昔から「女の勝ち組」職業といえば、キャビンアテンダント（CA）だ。容姿と知性の両方を兼ね備えているCAは〝高嶺の花〟というイメージが強く、だからこそ、男の征服欲をそそる職業ではないだろうか。

知られざるCAの世界が描かれている『夜間飛行』の著者・蒼井凜花は、元CAという経歴をもつ異色の女流官能小説家だ。現役CA時代の経験に基づいて書かれている飛行機内のバックヤードの描写には、非常に興味をそそられる。

入社二年目の新人CA美緒は、華やかな職種とは裏腹に、ごく普通の女性だ。彼女が目標にしているのは、入社五年目の里沙子。学生時代にミスキャンパスに選ばれた美貌の持ち主だった。

ある日美緒は、ミーティングルームでキャプテンの堂本と里沙子がセックスをしている場面を目撃してしまう。そのあと何事もなかったようにミーティングは始まり、飛行機は離陸したが、里沙子の機内アナウンスが乱れたことを心配した美緒は、ある衝撃的なものを見てしまう。声をかけた里沙子の足もとに、ピンク色の小さなカプセルが落下したのだ——それはピンクローターだった。

里沙子に、ミーティングルームでの逢瀬を覗き見していたことを追及され、「キャプテンからの命令」だと目の前でオナニーを見せつけられる美緒。さらに美緒は、キャプテンに気に入られ、ステイ先のホテルで、里沙子とともに部屋へと呼び出されることになる。

ルームサービスの食事を楽しみ、バスルームから戻ると、目の前では堂本の愛撫を受ける里沙子の姿があった。誘われるままに里沙子と抱き合い、写真に撮られる美緒。「いいか、お前はいずれオークションにかけられる」と告げられ、キャプテンに羽交い締めにされながら、美緒は体を開いた。

美緒は、抜擢されたCAがオークションにかけられる、白ユリ会という会社の闇組織に売られる。それからというもの、美緒はフライト中やステイ先のホテルで、代わるがわる男たちを相手にすることになった。そして、ついに白ユリ会のオークションに出品されたが、彼女を落札した彫刻家の男は、美緒の体にまったく興味を示さなかった。

裸の美緒をデッサンし、ともに食事をし、眠る——淡々とした日常を送るなかで、美緒は次第に自分の体に自信をなくしていく。そんな美緒のやるせなさは、彫刻家への恋心へと変わっていく。

こうして性奴隷と化していった美緒だが、いつ何時も、彼女の視線の先には里沙子がいた。美緒にとって、初対面の男たちとのセックスは苦痛でしかなかったが、彼らの性欲を受け止め、求められるままにセックスに溺れる里沙子は、美緒の目には美しく、そしてたくましく映ったのだ。

里沙子にあこがれを抱いた美緒は、彼女の背中を追うように、女として花開いた。そして同時に里沙子も、女性として未熟な美緒のあこがれに応えるように、さらに女として磨かれていく。


本作は、男たちの支配欲をくすぐるCAという職業を題材にし、その欲を満たす作品であるように見せかけて、実はそれだけではない。美緒がCAの先輩・後輩という関係性のなかで、女として開花していく過程が描かれているのだ。

CAという女社会で磨かれた美緒を見ていると、「女を美しく育てるのは男だ」というのは、男たちの身勝手でお気楽な勘違いなのではと思えてくる。女同士の嫉妬やあこがれこそが、より女を強く美しく育てるのかもしれない。本作は「女を育てるのは女」ということを実感できる作品である。


（二見文庫、二見書房、二〇一〇年）

『不倫』というタイトルに込められた、高齢処女の思考回路とは？

姫野カオルコ『不倫』

「三十歳を過ぎた処女」と聞くと、「見た目が残念なのかな？」「性格がきつすぎるとか」「それとも男性恐怖症？」などと思ってしまいがちだが、特に容姿や性格に問題があるわけでもなく、男性にも興味があるという高齢処女だって確かにいる。本当に、〝たまたま〟セックスにいたることがないまま、年を重ねてしまったという女性が。言い換えればそれは、偶然の事故のようなものだ。

もし私がその立場だったとしたら？　他人とは関係ない個人の問題だとわかっていても、周りの同性の友達と比べてしまいそうだ。結婚と出産を経て、処女だった時代のことなど忘れ果てている友達を見ると、私はたぶん、自分自身を笑うことしかできなくなると思う。とうの昔に売り手市場は終わってしまったと思い込み、その半面、男子中学生のように強くセックスを渇望するだろう。そして、その現実をどう受け止めればいいのか、わからなくなるのではないだろうか。

姫野カオルコの『不倫《レンタル》』は、三十四歳処女の理気子の処女喪失物語だ。長身でハーフのような美しい容姿をもつ理気子は、小説家をなりわいとしている。日々、妄想にふけりながらポルノ小説を執筆し、週刊誌に投稿されている「読者のエロ体験記」を読んで涙を流す日々。非処女の女性たちからは、斜め読みして忘れ去られる「エロ体験記」も、理気子にとっては「夢物語」だった。

「ヤリたい。ヤラせていただきたい」。そう心の底から願う理気子の前に、ある男が現れる。既婚者である霞は、理気子のことを女として見ていた。

キスやセックスはおろか、恋愛にさえ慣れていない理気子。霞に「どこかへ行こうか」と誘われても、あっけらかんと「カラオケ」と答えて女子力の低さを露呈する。ここで普通の男ならば当惑してしまうだろう。たとえ彼女の体が目的でも、その経過に恋愛のエッセンスを盛るのは男のたしなみというものだから。しかし高齢処女の理気子にとっては、恋愛などどうでもいい。ただ「処女を捨てたい」だけなのだ。その過程に手間暇かける時間も惜しい理気子は、めでたく処女を喪失できるのだろうか……。

「ヤッてもらえるんですか？」という理気子の台詞には、男たちが女に抱く甘い恋心など一蹴してしまうほどの緊迫感がほとばしる。「処女喪失」に命をかける理気子のパワーに、圧倒されてしまうのだ。

『不倫』というタイトルにこそ、そんな高齢処女の思いが込められているように思う。「不倫」という、人のものを奪い取ろうとする行為は、女の情念にまみれたドロドロとした世界を想像させる。けれど著者の姫野が、不倫を「レンタル」と読ませたのは、「不倫なんて、しょせん奥さんから男をレンタルしているようなモノ」と思っていることを意味しているのではないだろうか。そこには、「恋愛気分などどうでもいい」という、あっけらかんとしながらも切実なメッセージ性を感じるのだ。

本作は、現実の三十路処女から深い共感を得るだろうと思う。そして同時に、処女ではないが、セックスの現役から遠ざかってしまった女性にも愛読されるだろう。「ヤラせていただきたい」。そんな理気子の言葉が心に強く響いてしまう女性は、少なくないのかもしれない。

（角川書店、一九九六年）

赤線地帯の女を描く「ある脱出」——娼婦の〝性〟への葛藤が心をつかんでしまう理由
吉行淳之介「ある脱出」

「赤線地帯」というものをご存じだろうか。赤線は、一九五八年以前に公認で売春がおこなわれていた地域の俗称である。有名なところでは、東京の吉原などがかつて赤線地帯であり、飲食店として風俗営業の許可を取得し、女たちは女給となり男性客を取っていた。

飲食店の看板を掲げた店が立ち並ぶ遊郭に勤務し、男たちに刹那的な快楽を売る女たちの姿を小説として多く残したのが、吉行淳之介だ。赤線遊び好きとして有名だった吉行は、赤線に生きる女たちを生々しく描いた『驟雨』（新潮社、一九五四年）で第三十一回芥川賞を受賞している。『吉行淳之介娼婦小説集成』の「ある脱出」も、赤線地帯の女性の物語である。

娼家・銀河で働く弓子がある日取った客・柏木は、不思議な雰囲気を醸し出していた。彼に抱かれると、弓子はいつもえも言われぬ快楽に身を委ねてしまう。彼は卑猥な絵を売る行商として生計を立てようとしていた。

弓子と同じ娼家に来て半年ほどたつ蘭子は、娼婦としての自分を男たちが通過していくたびに幸せを感じる体質で、売り上げも抜群だった。結婚を機に一度は赤線から去った蘭子だが、夫となる男が金に不自由をして、再び店に戻ってきた。体は開いても心は開かない娼婦である弓子は、客である男たちにすべてを開く蘭子に疑問を抱いていた。

弓子は、ある日蘭子にあるお願いをされる。彼氏との愛撫シーンを、カメラに収めてほしいというのだ。蘭子は、それが「愛のしるし」だという。弓子は、まぐわう二人をファインダー越しに見つめ、シャッターを切った。

そしてその写真はのちに、柏木の目に触れることになる。柏木は蘭子を求めて銀河へ足を運ぶが、そこに彼女の姿はなく、かわりに柏木の相手を弓子が担当することになった。柏木の心を奪った蘭子に対し、弓子は激しく嫉妬を燃やすが……。

蘭子を見ていると、「生まれながらの娼婦は存在するんだ」と思い知らされる。裸になって大勢の男たちが興奮することに喜びを得られる、という女だ。そんな蘭子の奔放な性が描かれると、弓子の「普通っぽさ」がより際立ち、筆者をはじめ、たぶん女性読者の多くが弓子に感情移入しやすくなるのではないだろうか。

弓子にとって蘭子は、摩訶不思議な存在として描かれ、弓子は彼女の娼婦としてのあり方に疑問を抱いているように見える。しかし、心のなかでは、どこかで蘭子を「同じ娼婦としてうらやましい」と感じているとも思えた。そんな弓子が抱える娼婦の葛藤と、女同士の関係性が緻密に描かれているのがおもしろい。

赤線地帯がなくなったいまも、体を売る女たちは存在している。束の間の快楽に身を委ねて性欲を散らす男と、セックスで体や心をどこまで裸にすべきかと葛藤しながら男を癒やす女——毎夜、そんな人と人のドラマを紡いでいる娼婦たちは、いつの時代もどこかたくましく私たちの目に映ってしまうものだ。

（『吉行淳之介娼婦小説集成』〔中公文庫〕、中央公論新社、二〇一四年）

『堕落男』が考えさせる、「男にとって〝過去にセックスした女〟とは何者なのか」

草凪優『堕落男』

セックスとは、本来人と人をつなぐ行為だと思う。しかしいまの世の中、男女ともにその瞬間の性欲をぶつけ合いたいだけだったり、セックスの延長線上に何も見いださなかったりすることも不自然ではない。一方で、「この人と結婚したい」などと、将来の関係性を約束するために打算的に体を開く人もいる。どちらにしても、「人と人をつなぐ行為」とはかけ離れた、薄っぺらな情念のうえにセックスが成立している気がしてならない。今夜、寂しいからセックスをする。将来が不安だからセックスをする。

あまりにも希薄な行為の先には、いったい何が生まれるのだろうか。『堕落男《もの》』は、現在活躍している官能小説家のなかで、筆者がいちばんに推薦したい作家・草凪優の、渾身の書き下ろしだ。混沌とした世の中、とっさの弾みでボタンを掛け違ってしまうと、そこから先はコロコロと転がるように奈落の底へと突き落とされていく……そんな条理をある男が教えてくれる作品だ。

主人公の梶山は、決して珍しい男ではなかった。梶山は広告代理店の会社員として給料を手にし、円満な家庭を築いていた。しかし、性欲に溺れた不倫劇をきっかけに離婚、仕事では退職勧告を受け、結果的に場末のバーのマスターに落ち着くという転落人生を送っている。

物語は、梶山のバーでの殺人事件から始まる。近所のクラブでホステスをしている恋人の歩美は、事あるごとに梶山に金品を要求してきた。その日、別れ話のもつれから口論になったが、テーブルの端に頭をぶつけた歩美は、二度と起き上がらなかった。梶山は、歩美の死体を目の当たりにして、呆然とするばかりだった。

脱サラし、行き当たりばったりでバー経営を始めた梶山は、死体を置いて逃走し続ける軍資金さえ持ち合わせていない。そこで梶山は、かつて体を重ねた三人の女たちを思い出し、金を無心しに放浪することになる。

梶山の過去の女たち――一人目は、代理店時代に就職を世話することになった天真爛漫な十三歳年下のリノ。学生時代に女と楽しんだ経験など皆無だった梶山にとって、当時大学生だった彼女と交際することは、まさに「サラダデイズ」だった。リノとのセックスに溺れ、明け暮れた日々は新鮮なひとときだった。

二人目の女は、スポーツクラブで出会ったクニカ。彼より一つ年上のクニカは、恵比寿でセレクトショップを経営していた。彼女とは、スポーツクラブ後の飲み仲間として関係が発展。クニカには三歳年下の夫がいて、梶山はダブル不倫となりながらも、彼女の体に溺れていった。ついには、クニカ夫妻の離婚劇に巻き込まれ、彼自身の家庭も壊れてしまう。そして、梶山のもう一人の女である妻サナエは、生まれたばかりの息子を連れて、家を出ていってしまった。

リノ、クニカ、サナエ……三人の女たちに金を無心しようと渡り歩きながら、梶山は己の前にも後ろにも進めない堕落した人生に向き合う。

ラストシーンで、梶山は死体になった歩美が置き去りにれたバー「エディシャス」へと帰る。その店名は〝自殺〟と和訳される「suicide」を逆さに読んだもの。まるで彼は自殺へのカウントダウンをするように、過去の女たちを渡り歩いては金を無心し続けていったのだ……。

筆者は、例えば夜をともにしたというだけの相手ならば、自分が死ぬ間際には思い返さないと思う。梶山が、窮地に追いやられた状態で過去の女たちを思い出したのは、つまり彼が彼女たちとセックスを介して、心もつながったと思っているからではないだろうか。そこに、「堕落男」梶山なりの誠実さが垣間見えるような気がした。そんな梶山を見ていると、できることならば、自分と体を重ねた男たちには、強く自分の足で歩んでいってほしいと感じたが、もしかしたらそれは女のエゴかもしれないとも思う。

梶山のように、男が窮地に追いやられたときに頼るのは、やはり女なのだろうか。男は女と体を重ねると、その内側（膣内）に印を付けていき、その印を頼りに生き続ける生き物なのかもしれない。

（『実業之日本社文庫』、実業之日本社、二〇一四年）

花房観音が描く、女の血に塗られた祈り――『神さま、お願い』に官能の匂いを感じる理由

花房観音『神さま、お願い』

女の欲望は底知れない。有名パワースポットに群がり、一心に手を合わせている女たちを見ていると、「この地は彼女たちの欲をすべて受け止めているのか」とおののいてしまう。

「両思いになれますように」「商売が繁盛しますように」「家族円満で過ごせますように」――生きていれば誰もが一度や二度は祈るだろうささやかな願い。それが、もしも〝必ず〟成就する場があるとしたら？　デビュー以来、〝官能〟を書いてきた著者・花房観音が初めて官能色がない作品に挑戦したのが、『神さま、お願い』だ。ストレートな官能描写はないけれど、女が秘めた〝欲深さ〟があらわになるストーリーに、ふいに官能の匂いをも感じてしまう。

この作品の主軸になるのは、京都のとある場所にひっそりたたずむ小さな神社だ。その社の屋根の赤黒い色は、参拝者の血の色。自らの血をその神社の社に垂らしてお参りをすれば、願いがかなうといわれているのだ。

六人の女の話がまとめられている。兄と慕う男を奪った女を憎み、彼女が不幸になるようにと願う

女。近所のママ友の子どもの受験が失敗することを祈る女。妻子持ちの上司に恋心を抱きながら、彼の店の繁盛を祈る女。父の不老長寿を祈る女。あこがれている男との両思いを祈願する女。家族が永遠にともに暮らせるよう願う女。彼女たちの切なる願いは、血を捧げることですべてかなえられた。

なかでも「家内安全」の加奈子の物語は非常に興味深い。平凡な主婦の加奈子には、愛する夫と息子がいる。反抗期もなく真面目な性格の息子。ギャンブルや浮気もせずに家族を大事にしてくれる夫。息子が高校生になったいまも、大みそかは家族三人で近所の神社にお参りにいくほどの円満ぶりだ。絵に描いたように幸福な家庭は、加奈子にとって何にも代えがたいほどの財産である。

しかし、そんな加奈子の家庭に暗雲が立ち込める。夫が、突然会社を辞めて独立すると言いだしたのだ。そして息子は、大学に行かずにアニメーションの専門学校へ進学し、高校を卒業したら結婚するという。堅実で真面目だと思っていた夫と息子が語った将来は、いままで作り上げてきた理想の家庭像とはかけ離れたもので、加奈子は狼狽する。食卓を囲む機会が減り、このままでは家族がバラバラになってしまうと感じた加奈子は、願いをかなえるとうわさされている神社へ行き、血を捧げる。家族が再び私のもとに帰ってきますように……と。

加奈子の願いはかない、家族は再び集結する。事業立ち上げに失敗して無職になった夫と、結婚を約束していた恋人に振られてニートになった息子。加奈子は満面の笑顔で家族に食事を作り、世話をする。そんな彼女の姿は、はたから見れば幸福に満ち溢れた主婦の顔そのものだった。

願いと呪いは表裏一体だと、花房は言う。願いを成就させることは、誰かに呪いをかけることにもなりかねない。幸福を測れるのは当人だけだが、加奈子が手に入れた幸福は、はたして夫と息子にとっては幸福なのだろうか。花房がすべての作品を通じて書き続けている、こうした女の内なるドロドロした欲望を、この作品では〝神に願う〟という一見純真に見える行為を通じて表現しているところにゾクゾクしてしまう。それは、やはり官能的な刺激に似ているのだ。

（KADOKAWA、二〇一四年）

触れられないことで感じられる官能
――片思いの興奮が凝縮された『あなたとワルツを踊りたい』
栗本薫『あなたとワルツを踊りたい』

人が〝官能〟を感じるのは、キスやセックスの瞬間だけではない。肌を露出しなくても、相手に受け入れられることがなくても、官能を感じられることだってある。

『あなたとワルツを踊りたい』は会社員のはづき、はづきをストーキングしている昌一、タレントのユウキの三人の登場人物の視点で物語が構成されている。

舞台はまだ携帯電話も〝ストーカー〟という言葉も存在していなかったバブル時代。物語は一本の電話から始まる。一人暮らしのはづきのアパートには、たびたびいたずら電話がかかってきて、受話器の向こうから聞こえるあえぎ声に日々悩まされている。

恋人がいない処女のはづきにとって、いちばん大事な存在なのがタレントのユウキだ。彼が出演する舞台を見にいくのはもちろん、あらゆる現場への入り待ちなどをおこない、毎日ファンレターを書き続けている。その様子は、タレントを応援するファンの域を超え、一人の男性に愛情を注ぐ女のようにも見える。

そんなはづきをストーキングしているのがアパートの向かいに住む昌一だ。はづきがアパートの引っ越し作業をしていたとき、うっすらと汗が滲んだ彼女のTシャツ姿に欲情し、昌一は射精をしてしまう――その瞬間から、昌一ははづきに情熱を向けるようになった。四六時中彼女を見守り、電話をかけ続けているが、やがて昌一は、はづきが自分以外の誰かに思いを寄せていることに気づく……。

「あたしは、恋がしたいんだ」というはづきの台詞が非常に印象的だ。純粋な恋心はときに凶器となり、はづきの思いはユウキの心を疲弊させる。そして昌一のはづきに対する強い思いもまた、ユウキへの憎悪に変わっていく。登場人物たちの交錯する愛情。相手を思いやり、いとおしんでいるにもかかわらず、その感情は真綿で首を締め付けるように相手を苦しめていく。

例えば、好意を寄せている相手に冷たくされたとき、愛してやまない相手が手の届かない存在だったとき、どれだけ声を上げて相手に思いを伝えたとしても、その気持ちが受け入れられないとき――そのもどかしさに、かえってゾクゾクしてしまうという経験はないだろうか。『あなたとワルツを踊りたい』に、そんな触れ合わない〝官能〟を感じるとともに、だから人は恋愛に翻弄されるのだろうと思った。

本作は、片思いをしている人にぜひ読んでいただきたい一冊である。まだ恋人になる前の関係のとき、好きな人とのことを妄想しているだけで心が満たされる。いつか触れられるかもしれない、いつか抱き締められるかもしれないと想像をめぐらせると、頭のなかに描いたストーリーの登場人物である自分自身が輝いているように感じる――そんな感覚に覚えがある人は、おそらく本作に向いている。

その興奮は、現実に恋人同士になってから得られることは少ない。相手は意志をもった生身の人間であり、自分の空想のなかで生きるキャラクターではないからだ。一人だからこそ感じられる官能を、ぜひ味わってほしい。

（早川書房、一九九六年）

好きな人がいるのに、なぜほかの男とセックスするのか
――どうしようもない女心を描く『言い寄る』
田辺聖子『言い寄る』

恋愛は思いどおりにならないことのほうが多い。はじめに好意を抱いた男性には振り向いてもらえないのに、恋愛相談をしていた相手といつしか恋人同士になってしまうことはよくある話で、決して一筋縄ではいかないものだ。『言い寄る』も、そんな恋愛小説である。

主人公は、三十一歳のフリーデザイナーの乃里子。彼女の元同僚・美々の妊娠が発覚する場面から物語は始まる。美々の頼みで、乃里子は彼女を振った男との話し合いに同席することになった。その席に美々の元恋人とともに現れたのは、財閥の御曹司である剛。その後、剛と二人で会うことになった乃里子は、流されるままに体の関係をもってしまう。

高級車に乗り、質が高い服を身に着け、鍛え上げた肉体をもつ剛。外見は申し分ないが、決して乃里子の思いどおりになる男ではない。ある日、剛は乃里子を淡路島の別荘に誘うが、彼は乃里子に秘密で別の女を旅館に待たせていた。気が多い剛に呆れる一方、乃里子もまた、剛の別荘の隣に住む妻子持ちの水野にも引かれ、たびたび体を重ねてしまう。

乃里子は、あちこちから声をかけられ、言い寄られ、ふらふらと男たちの間をたゆたう。しかし彼女が誰よりも求めているのは、兄の友人である五郎だ。ハワイアンバンドで演奏することが趣味の五郎は、誰にでも優しく、つかみどころがない男。あの手この手で乃里子は五郎にアプローチをするのだが、どうしても肩すかしを食らってしまう。

そんなある日、シングルマザーになることを決意した美々が、「形だけでも結婚したい」と乃里子に懇願。相手探しをしている間に、美々は乃里子の自宅で五郎と鉢合わせ、五郎は美々と籍を入れることを快諾する。形だけの結婚だったはずが、五郎は次第に美々に引かれていく。五郎自身は気づいていないが、長い間ひたむきに彼を求めてきた乃里子には一目瞭然だった――。

五郎の前だと力んでしまい、うまく振る舞えない乃里子のキャラクターは、読者から見ると魅力的だ。例えば、自宅を訪れた五郎が帰ろうとすると乃里子が拗ねて怒りだすシーンがあるのだが、その不器用さに、かわいらしさを感じて笑ってしまう。しかしその半面、乃里子に共感して胸がちくりと痛むのだ。

そんな乃里子も、自分に言い寄ってくる男たちの前では、気持ちに余裕があるぶん、のびのびと自然体で接することができる。乃里子が妻帯者で包容力のある水野に引かれるのは、きっと報われない恋をしているときほど、誰かに強く「あなたはすてきだ」と肯定してもらいたいからであり、そこに共感する女性は少なくないはずだ。

五郎との恋愛がうまくいかない運命を苦々しく感じながら、言い寄ってくる男たちから甘い汁を吸い歩く乃里子。どれだけ心は五郎に一途でも、〝操を立てているわけではない〟乃里子は、どうしようもなく複雑な女心を体現しているように思う。

「どうせ恋愛なんてうまくいかない」とどこかしらけていて、ほかの男とのセックスを楽しみながらも、心ではひたむきに五郎を愛している。男性から見たらわけがわからない行動かもしれないけれど、どれだけ横道に逸れようと一途に男を愛する女はやっぱりかわいい――そう女性読者に思わせてくれる一冊である。

（〔講談社文庫〕、講談社、二〇一〇年）

田舎の少女が〝性の特訓〟で変貌——シンデレラストーリーとして読む官能小説『令嬢人形』

蒼井凜花『令嬢人形』

冴えない女主人公が一人の男性の手によって華麗に変貌していく〝シンデレラストーリー〟は、今も昔も健在だ。やはり女性のほうが、自分が気づいていない魅力を誰かに開花させてもらいたいという思いが強いのだろうか、女性の手によって男性が変貌するという逆パターンの物語はほとんど存在しない。シンデレラストーリーに、常に世の女性から安定した人気があるのは「自分のなかには秘められた何かがある」とみんながひそかに感じているからなのかもしれない。

女としての魅力を開花させる最短手段は、セックスである。恋をすると女は美しくなると昔からいわれているように、心も体も満たされるセックスを重ねると、女性は自然と魅力を増す。女は男によってどんな形にも花開くことができるのだ。

『令嬢人形』の舞台は、一九一五年（大正四年）。秋田のとある田舎町で、両親に先立たれた主人公の山中ミツは、網元の屋敷で働いていた。美しいミツは、屋敷の跡取り息子である幹也に見初められ、無理やり処女を奪われてしまう。

ミツは幹也を誘惑したと勘違いされ、屋敷を追い出されて行き場をなくし、入水自殺を図ろうとするが、十河恭平と名乗る謎の男に助けられる。「東京で生き直してみないか」——恭平の提案にうなずいたミツは、東京で第二の人生をスタートすることになる。

ミツが連れてこられたのは、とある瀟洒な洋館だった。「翡翠館」という名の洋館には、月世というマダムと、美しいメイドがいた。恭平がミツをここに連れてきた理由は、彼女を完璧な〝令嬢人形〟に育て上げるため。成功者に買われるための知識と教養、品格を備えた女性に育つよう、ミツはさまざまな調教を受ける。

翡翠館での日々を重ねていくうちに、次第に恭平への恋心に気づき始めたミツ。ある日、ミツが恭平に呼ばれて彼の部屋を訪ねると、室内では愛する恭平とマダムが抱き合っていた。涙を流しながら二人の様子を見ているミツに、情事を終えた恭平は、マダムとのセックスを見ることが「特訓だ」と言い放つ。

ミツは恭平に思いを寄せながら、その後もレディーとしての調教のステップを踏んでいく。最高級の〝令嬢人形〟になるため、あらゆる特訓を受けていくのだが……。

作中には、下着をつけずに薄いドレス一枚で過ごしたり、恭平からオーラルセックスを学んだり、レズプレイがあったりと、官能小説らしい表現も多々あるけれど、秋田にいた頃は恋を知らなかったミツが、恭平を愛する気持ちを知り、彼のためにとがんばる姿がいじらしい。最初はおどおどしていたミツが、ラストシーンでは大勢の少女たちからあこがれの眼差しを受けるほど、凜とした女性に変貌する——そんな少女から一人の女性として堂々と開花していく様子は、同性として非常に爽快である。

蒼井凜花『令嬢人形』

本書は、著者が得意とする〝勃たせる〟シチュエーションが盛りだくさんで、男性読者にとっては、ストレートに官能小説としておもしろいだろうが、女性である私たちも、別の視点で楽しめる。それは、本書の主軸である〝シンデレラストーリー〟だ。

女がシンデレラストーリーに引かれる理由は、自分自身を投影したい気持ちもあるかもしれないが、それ以上に、がんばる女性を応援したいと感じる気持ちもあるのではないだろうか。本書はそんなことに気づかせてくれる一冊である。

（『双葉文庫』、双葉社、二〇一五年）

男を引き付けるブスでデブのババア——女の醜い嫉妬や怒りを引きずり出す『黄泉醜女』

花房観音『黄泉醜女』

自分の欲求を満たすためならば手段を選ばない女がいる。関係をもった男性から金銭援助を受け、お金がなくなったら殺害してしまう、しかも相手は一人ではなく複数……そんなニュースが流れると、「一昔前の日本の女たちは、男の半歩後ろを歩き、男たちの支えになることに喜びを感じていたのに」と思う人もいるかもしれない。しかし実は日本神話の時代から女は怖い生き物だった。

紹介する物語の表題になっている「黄泉醜女《ヨモツシコメ》」は、日本神話に登場する、黄泉の国の鬼女である。約束を破り、腐敗した妻イザナミの姿を見ておののいた夫イザナギは、激怒したイザナミに命じられた醜い黄泉醜女にどこまでも追いかけられる——その様子は、私利私欲のためならば手段を選ばない女の化身にも思われる。

物語は、一つの事件を主軸に動きだす。婚活連続殺人事件で死刑判決を受けた春海さくら。百キロ以上もあるだろう体軀をもち、重たそうなまぶたと愛嬌がない顔をもつ。さくらは三十代後半までほとんど職につかず、男たちから貢がれた金を使って豪華な暮らしをしていた。

そんな彼女の本を書かないか、と打診されたのが、物語の主人公である桜川詩子だ。官能小説を書く女流作家は、作品はもちろんその容姿も注目される。彼女もさくらのように容姿には恵まれておらず、ネットでさんざんこき下ろされ、その容姿を「さくらと似ている」とまで言われていた。詩子はそのことをコンプレックスに感じ、容姿に恵まれたほかの女流官能作家に対して嫉妬心を抱いていた。

さくらの本の話を打診してきたフリーライターの木戸アミとともに、詩子は、さくらに関わってしまった女性たちにインタビューをおこなう。そして彼女たちそれぞれに、〝女としての渇望〟を垣間見るのだ。

例えば、若い女性を雇いナレーションやイベント司会などの派遣会社を経営している三十九歳の由布子は、高級料理教室でさくらと出会った。富を得て、若いセックスフレンドもいる身だが男をつなぎとめるため、由布子は金を与えていた。身一つで男たちから金を貢がせるさくらとは対照的に、金を渡してセックスを〝買って〟いることに、由布子は戸惑う。そして彼女は、持病のため子宮をなくしたことにコンプレックスを抱いてもいた。

さくらと親友関係にあった四十二歳、パートタイマーの里美は、学生時代にさくらとつるみ、地元では「ブス」「デブ」と陰口を叩かれるグループに属していた。しかし、同じような容姿をもちながらも、さくらは常に男の気を引く行動をとり、さらには売春をしているといううわさまで広がっていた。里美はさくらへの嫉妬から、ダイエットと整形手術を繰り返し、その感情から解放されようとした。

ブスで、デブで、ババアとして醜く描かれるさくら。そんな彼女が、なぜ男たちに貢がれ、かしずかれるような存在になったかは、本作では語られていない。しかし、理由が明かされないからこそ余計に、さくらのような存在を目の当たりにした女たちが、同性としてやるせないほどの強烈な嫉妬に駆られるのがよくわかる。

さくらは、女の「男たちを喜ばせたい」「そのために美しい容姿でいたい」という欲望を引きずり出す。さくらは、女に生まれてきた者が男を引き付けるのは当然のことだと思わせるのだ。しかし、普通の女には男を引き付けることなど、そうやすやすとはできないもの。女たちは、その事実に気づき、さくらに脅威を感じてしまう。さくらのような、目に見える努力もなく「ただ女として生きてきただけ」という醜女に、私たち女はどう太刀打ちすればいいのだろう、と。

本書の帯のキャッチコピーはずしりと胸に刺さる。「女は　所詮　皮一枚」。美に対して無頓着であるさくらという存在は、「女」という性に翻弄され、表層の美しさにすがろうと必死に努力をしている私たちをせせら笑っている。だから腹が立ち、嫉妬するのだ。本書のタイトルである「黄泉醜女」は、さくら自身を指しているようにも、そして彼女に関わることで醜くなってしまった女たちを指すようにも感じられた。

（扶桑社、二〇一五年）

男に振り回された女は、別の男を振り回す――『夏の裁断』が描く連鎖する男女の快感

島本理生『夏の裁断』

好きな異性に傷つけられることで、快感を得る人がいる。ＳＭというプレイで「マゾヒスト」と呼ばれる、肉体的に痛みを得ることで興奮し感じる者もいれば、精神的な痛みを欲するという人もいる。例えば、浮気を繰り返すダメな男にばかり惚れる女。男に何度も何度も裏切られ、傷つけられることで病んでいくが、その痛みが快感に変わってしまうのだ。

二〇一五年、第百五十三回芥川賞の候補になった本作『夏の裁断』は、そんな〝病んでる〟女流小説家・千紘が主人公の物語だ。

千紘がとある出版社のパーティーで、恋心を抱きながらも振り回されてきた相手、編集者の柴田をフォークで突き刺すというショッキングなシーンから物語は始まる。衝動的に柴田を刺してしまった千紘は、休養も兼ねて鎌倉へ向かった。亡き祖父が収集した本を裁断してスキャンし、デジタル化する「自炊」という行為をして一夏を過ごすためだ。

柴田と知り合ったのは二年前。とある作家の授賞式に出席し、二次会に移動しようと思ったときに

声をかけられ、初対面にもかかわらず、胸を触られたのだ。そんな彼から、後日何事もなかったように仕事の依頼を受け、気がつくと千紘の心は彼に支配されていた。

気まぐれに千紘を呼び出し、カラオケボックスでキスをし、「俺とやりたい？」と聞く柴田。幼い頃に性的なトラウマを抱えてしまった千紘は、強引な彼のやり方を拒絶することができない。それどころか、奔放な彼にどんどん心を奪われていく。

そんな千紘に対して思いを寄せる男がいる。イラストレーターの猪俣だ。千紘が仕事を休んでいることを知った猪俣は、千紘に会うために鎌倉までやってきた。千紘の作品のファンだという彼と、千紘は流されるままにセックスをする。精神が崩壊するほど柴田を愛しているのに猪俣と寝るなど、千紘の思いと行動はバラバラになっていく。そんな自分から解放されるために、千紘は柴田と決別しようと決心するのだが……。

帯に記されている「悪魔のような男」とは柴田のことである。甘いデートの次の日には冷たく接するなど、非常に気まぐれな彼の行動は、千紘を混乱させ、男を刺すほどまでに追い詰めたが、第三者から見るとごく一般的な身勝手な男のように思う。むしろ千紘は、自ら進んで柴田の手のひらで転がされていたと感じられるのだ。彼の手管にはまり、混乱することで千紘は快楽を感じていた――柴田を「悪魔のような男」にしたのは実は千紘自身ではないだろうか。

そんな千紘だが、彼女もまた一面では「悪魔のような女」だった。猪俣を都合がいいセックスフレンドとして扱うことで、彼の純粋な気持ちを傷つけたのだ。

柴田に傷つけられること、猪俣を傷つけること、どちらからも快楽を見いだしていた千紘。こうした快楽の連鎖は、男女間で無意識におこなわれていて、その痛みに快楽を感じてしまうからこそ、私たちは恋愛を重ねるのだろう。傷つけたい、傷つけられたい——本書は、人々の説明しがたい複雑な本能を明らかにしているのではないだろうか。

（文藝春秋、二〇一五年）

〝セックスだけ〟の女こそ男を翻弄する？——「黒い瞳の誘惑」に見る官能小説の王道的ヒロイン

渡辺やよい「黒い瞳の誘惑」

官能小説のヒロインとしてよく登場する、魅惑的で美しく、男性を翻弄してもてあそぶエロい悪女たちは、現実にはなかなかいないキャラクターだからこそ、官能小説愛好家の間では常に人気があるのだと思う。では、彼女たちはなぜ男性に愛されるのだろうか。

『私にすべてを、捧げなさい。』は、八人の人気官能小説家によるアンソロジー。美人秘書、会社員、妊娠中のキャリアウーマンなど、さまざまな職種の悪女たちが、男たちをセックスという武器で操っている。そのなかの一作、渡辺やよいの「黒い瞳の誘惑」は、美しい黒い瞳の女性がヒロインの物語だ。

物語は葬式のシーンから始まる。主人公の片桐は、大学時代の山岳部の友人・水野の葬式に参列していた。水野は単独で北アルプスの山に入り、遭難してしまったのだ。
しかし、以前から水野に相談をもちかけられていた片桐は、彼の遭難を「自殺」だと感じていた。そして、水野と関係をもっていた、濡れたような黒い瞳をもつ女が、彼の死に関与しているにちがいない、とも。

家庭をもつ水野が片桐にある一枚の写メールを見せてくれたのは、ちょうど一年前のこと。昔から恋愛下手だった水野に愛人ができたというのだ。その写メには、裸で水野と抱き合う、整った顔立ちに肉感的な体をもつ女、萌絵美が写っていた。

次に水野と連絡を取り合ったのは、彼の死の一週間前だった。そのときの水野は、萌絵美の存在を浮かれた顔で語っていたかつての彼とは違い、顔面蒼白で待ち合わせ場所に現れた。話を聞いてみると、「萌絵美が離してくれない」「いくらセックスしても足りず、何度も求められる」というのだ。

そんな話を聞いていたからか、片桐は葬儀の際、水野の妻から斎場を追い出される萌絵美を追いかけ、連絡先を渡してしまう。後日、萌絵美から「水野の妻から慰謝料を請求されている」と相談された片桐は、金を貸す約束をし、ホテルへと誘う。水野を死にいたらしめた女だ、と自らに警笛を鳴らしながらも、片桐は萌絵美の体を貪り、それまで経験したことがない快感を得る。

そして片桐もまた水野と同様に、萌絵美とのセックスに溺れていく。会社の昼休みにまで公園のトイレに萌絵美を引き連れ、抱き合う。彼らのセックスは次第にエスカレートし、会社の会議室や居酒屋のトイレなど、欲情すれば所かまわず求め合うのだが……。

美しい容姿といやらしい体で、底なしの性欲をもつ萌絵美は、「生活感がまったく感じられず、セックス以外は何も求めない」という点で、つかみどころがない存在として筆者の目に映った。

男性にとっても、セックスによるリアルな肉体的感覚を与えるにもかかわらず、生活感がまったく見えない非現実的な萌絵美は、非常にアンバランスに感じられるのではないだろうか。まるで「幽霊」のような存在の女だが、その危うさこそが男を魅了するのかもしれない。

（草凪優／八神淳一／西門京／渡辺やよい／櫻木充／小玉二三／森奈津子／睦月影郎『私にすべてを、捧げなさい。』〔祥伝社文庫〕所収、祥伝社、二〇一五年）

アラフォーの元アイドルが〝濡れ場〟で再起!?
——女性賛歌としての官能『甘く薫る桜色のふくらみ』
うかみ綾乃『甘く薫る桜色のふくらみ』

挫折や苦しみを味わった女ほど強い人間はいない。秘めたる「女としてのプライド」がそうさせるのだろうか、「負けたままでは終われない」と思う女性のパワーは底知れないと思うのだ。

例えば恋愛沙汰であれば、自分の夫が不倫をしていたことが発覚したときに、不倫相手である女をとことん陥れようとする女性がいる。その怒りは男である夫以上に、女に向けられる。愛する夫を取られた「負けた女」のままではいられないという思いが、女性の復讐心を掻き立てるのかもしれない。

いかない。
『甘く薫る桜色のふくらみ』は、アラフォー世代の三人の女たちの物語だ。主人公の桜は、元アイドル。夫に先立たれて料理屋でアルバイトをしているものの、おっとりした性格のせいかどうもうまくいかない。

そんな桜のもとに、同じアイドルユニットで活躍していた麻矢が訪れる。アイドルを引退したあとも麻矢は女優として活躍していたが、年齢を重ねるとともにその人気は右肩下がりになっていた。そこで麻矢は、桜と、現在は専業主婦であるもう一人のメンバーのこずえに、昔大ヒットした映画『伝説姉妹』の続篇を撮ろうと提案したのだ。

しかし元アイドルのアラフォー女たちが映画を作るということは、並大抵の覚悟ではすまない。彼女たちに与えられた脚本には「濡れ場」があるのだ。しかも桜の相手は俳優の大高弘毅だった。まだアイドルだった十八歳の頃、彼のファンだった桜は、とある仕事での共演がきっかけで大高と深い仲に発展しそうになった。大好きな大高に抱かれることに期待と喜びを感じていたが、彼女が処女だということを知った大高に「簡単に処女を捨てるものじゃない」と逆に説教をされてしまい、それで関係が終わってしまったのだった。

約二十年ぶりに大高と共演することになった桜。この二十年の、処女を捨て、結婚をし、そして夫と死別という波瀾万丈な人生を経て再び大高の前に立つ桜は、いったいどのような演技を見せるのだろうか。

そして女優として下降線をたどる麻矢と、夫に浮気をされている冴えない専業主婦のこずえも、この映画にかける思いは並々ならぬものがあった。さまざまな男たちとの関係を経てきたアラフォーの三人は、一本の映画を作ることによって再び輝きを取り戻す――。

アイドルとしてスポットライトを浴びていた異なる個性の三人の女たちが、文字どおり「身を粉にして」再び輝きをつかむ姿は非常に爽快である。セックスに対して決して奔放なわけではない、臆病者の桜だが、二十年という時を経て大高と裸で向き合う姿は、十八歳の頃とは違い、彼女が生きてきた年月を反映して、大胆に、そして妖艶に描かれている。そんな彼女には、同性としてあこがれを抱いてしまうほどだ。

彼女たちの輝きは、「このままでは終われない」という意志をもったときに、自分を振り回してきた男を踏み台にして強く生きていこうとする、その姿から発せられるのかもしれない。捨て身の女がもつ意志に勝てるものは何もない。この物語は、官能小説という枠を超えて、気弱な女たちへのエールが詰まった一冊である。

（〔幻冬舎アウトロー文庫〕、幻冬舎、二〇一六年）

うかみ綾乃『甘く薫る桜色のふくらみ』

第3章　愛

男女の愛情をたっぷり感じさせてくれる作品はこちら。やっぱりセックスは愛情を確かめ合う行為。だからこそ、ときにはゆがみを生じてしまうもの。正統派の愛の物語はもちろん、ちょっとこじれた愛憎劇までを紹介しています。

幸せな家庭を築く男の秘密を知る、快楽と苦しみ——尾行小説『二重生活』

小池真理子『二重生活』

女は「他人のうわさが大好き」といわれる生き物だ。それは、自己評価を重んじる男性とは違い、女は他人と自分を比較することで、自分の立ち位置を把握しようとするからだ、という説がある。そして女は、他人のうわさ話を耳にしたり行動を盗み見たりすることで、自分のなかに潜む秘めた感情をも呼び覚ましてしまう。

『二重生活』は、王道の〝官能小説〟とはいえないが、女が秘めた部分を引っ掻くような描写が多い作品だ。その舞台は、関東郊外にあるニュータウン。家族連れでにぎわう大型のショッピングモールがある街に、主人公の白石珠は恋人である卓也とともに住んでいる。

卓也は、イラストレーターとしての道をあきらめ、ひょんなことから大女優・三ツ木桃子のアルバイト運転手をしている。イラストレーターを志していた頃と比べると、収入は二倍になった。珠にとって卓也は、パートナーとしては何一つ文句のつけどころはないが、珠は彼と桃子との関係を疑っていた。

一方で珠は、二十五歳の現役大学院生だ。ある日、大学の仏文科の授業で、たまたま取り上げられたソフィ・カルという芸術家の作品に魅了される。それは、自分とは無関係の人物を、パリからベネチアまで十三日間尾行することによって、「自分自身とは何か」を追求していく物語だった。これを教授は「文学的・哲学的尾行」と説明した。

ある日珠は、近所に住む石坂史郎を見かける。大手出版社に勤め、美しい妻とかわいらしい娘、そして小型犬と暮らす石坂を、珠は思い付きで尾行することにした。電車に揺られ、渋谷駅の地下ホームにたどり着くと、一定の距離を保ちながら珠は石坂のあとを追う。そして、石坂が妻以外の女性と会うところを目撃してしまう。

石坂とその女性・しのぶはクリスマス前に都内のホテルで一夜を過ごすことを約束していた。その様子を盗み見た珠は、二人が不倫関係にあることを悟る。「幸せを絵に描いたような家庭」だと感じていた石坂家のほころびを目にして衝撃を受ける珠。そして、いつしかその出来事を、自らの生活にも投影するようになる。

以降珠は、桃子と卓也の主従関係が度を超していると感じるようになる。夜遅くに運転手である卓也を呼び出す、ソファを買い替えるために一日中卓也を連れ回す。些細なことにも、珠のよからぬ妄想はどんどん膨らんでいく……。

普段私たちが表に出している自分は、社会のなかで暮らしていくための〝無害〟な自分である。石坂が、「美しい妻と可愛い娘、小型犬とで郊外の一戸建てに住んでいる」という一見幸せそうな暮らしを送る一方で不倫に溺れているように、誰しも一皮むけば、誰にも見せられない膿を抱えているものだ。

そんな誰にも見せられない一面を見せ合う、石坂としのぶの喫茶店でのいやらしい会話が印象深い。二人だけの世界を共有できるパートナーをもてるのは、永遠の理想だろう。けれど、そんな他人の世界を勝手に覗き見て、さらに自分の世界に投影する行為こそが、人に最高の快感をもたらすのかもしれない。その快感は、自分の尾行によって翻弄される珠の姿を追う読者にも伝染していく。

（角川書店、二〇一二年）

セックス中に〝俯瞰〟する女たち――「あなたのそばに」から考える女の本能

葉月奏太「あなたのそばに」

男は別れた女との思い出を、まるで引き出しにでもしまうように大事に取っておく生き物だという。

では、女にとっての失恋とは何なのか。ロマンチストな男とは正反対に、女はリアリストだというのならば、女にとっての失恋は、さしずめ「次の恋愛につなげる大事なステップ」だろう。失恋＝失敗と捉え、「なぜ失敗したのか」そして「また同じ失敗をしないためには、どうすればいいか」に頭を悩ませる――女はそんな一面をもっているのかもしれない。

官能アンソロジー『六つの禁じられた悦楽』に収録された「あなたのそばに」の主人公・梨香は、どこにでもいるような普通の会社員だ。彼女は二十三歳の頃、二つ年上の彼、あっくんと交際していた。地味な会社員の梨香にとって、病院勤めで忙しいあっくんの存在はまぶしく見えた。手料理を作ってもてなしたりと尽くしていたが、ある日彼が二股をかけている事実を知る。しかも自分は本命ではなく、単なる遊び相手だった。

彼のことが忘れられず、梨香はバーに一人入り浸るようになる。多くの男が声をかけてきたなか、彼女が選んだのは下村という男だった。文具メーカーに総務部長として勤務している彼は、二十年前に妻を亡くし、以来再婚もせずに独身のままでいた。年齢差がある下村と梨香。彼はなかなか距離を縮めようとはしなかったが、知り合ってから半年後、ついに「梨香のために部屋を取った」と彼女を誘う。

初めての男とする、初めてのセックス。それは無意識のうちに、過去の男とのセックスを呼び起こす。下村の愛撫を受けながら、あっくんとのセックスを回想する梨香。あっくんが初めての男だった梨香にとって、下村のとろけるような優しいセックスは、初めての体験だった。あっくんとのセックスは、彼主導で一方的、梨香が感じるかどうかなどはおかまいなしで、彼自身の性欲を満足させることだけが優先されていたからだ。下村に抱かれることで、自分自身が感じることを知り、セックスの心地よさを知った梨香。彼女は初めての快感に陶酔し、下村に心も体も委ねるのだが……。

いままさに男に抱かれているのに、そんな自分を俯瞰できるのは、女特有の習性だろう。「射精」というゴールに向かって突き進む男とは違って、女のセックスには没頭しているようでも、どこか冷静な部分がある。「過去の私よりも、いまの私のほうが、いい男に抱かれていると満足したい」という欲望によって、心のなかで男を〝採点〟してしまうことだってあるのだ。

男は、まさか自分の腕のなかであえいでいる女が、ほかの男のことを考えているなど、夢にも思わないだろうが、「適齢期」という絶対的な賞味期限がある女には、「その期限内に、できるだけいい男に自分を売らなければ」という本能があるのだ。

体を重ねた向こう側に、無意識に自分自身の未来を見なければならないという複雑さに、女にとってもセックスが、性欲の解消や愛情の確かめ合いといったシンプルなものだったらいいのにと思うこともある。

けれど好きな人に抱かれている間、不意に元カレとのセックスを思い返し比較してしまうのは、別に悪いことではない。「あなたのそばに」は、「それは女の本能だからしょうがない」と思わせてくれる作品である。

〔藍川京／草凪優／橘真児／葉月奏太／深志美由紀／睦月影郎『六つの禁じられた悦楽』〔宝島社文庫〕所収、宝島社、

二〇一四年）

男にとってEDは死活問題なのか——渡辺淳一の自伝的小説に感じる〝勃たない男〟の滑稽さ

渡辺淳一『愛ふたたび』

セックスで〝受け入れる側〟である女は、相手とその気さえあれば、生涯セックスを楽しむことができる。しかし男はそういうわけにもいかない。加齢とともに〝ED（勃起不全）〟という恐怖が待ち受けているから。男たちにとって、勃起は男性としての誇りのようなものなのだろう。若い頃は痛いくらいにそそり立っていたものが、次第に勢いを失っていき、やがてピクリともしなくなる日がくる。女を抱けなくなったとき、男たちはどう感じるのだろう。

『愛ふたたび』は、晩年にインポテンツに悩まされていた渡辺淳一の自伝的小説だ。公立病院を退職し、整形外科病院を開業している主人公の「気楽堂」こと国分隆一郎。彼は七十三歳になっても、女性に不自由していない。妻に先立たれてからは、日々女性との楽しい一夜を謳歌していた。

しかしある日、セックスフレンドである婦人との行為を楽しんでいるとき、気楽堂の下半身は突然不能となってしまう。医師という職業柄、六十代の頃からED治療やバイアグラを使うようにしてきた。人一倍「不能」になることを恐れ、対処してきた気楽堂は、どれほど刺激を与えてもピクリともしない下半身に驚愕する。

挿入不能な下半身をもつ気楽堂は、「これで、俺は男でなくなったのだ」と感じる一方で、まだ女への欲望を捨てきれない。そんなある日、彼のもとに一人の魅力的な患者が現れる。彼女を抱きたい。しかし気楽堂の下半身はすでに挿入不能。そんな彼は、彼女と関係をもつべく、とある行動に出る……。

生きていれば、誰でも老いる。体のつながりの延長上に、心のつながりを意識しがちな女は、挿入ができなければ肌を重ねるだけでも幸せを感じられるし、老いた体を見せることが恥ずかしかったら手をつなぐだけでいいと、老いてからのセックスを前向きに捉えられるだろう。

しかし、気楽堂が「セックスの終わりは人生の終わり」と言うように、男にとって勃たないという事実は死活問題のようだ。そこには、男は狩りをする生き物であり、セックスは征服欲を満たす行為という認識があるように思う。そういった考えをもつ男が、「牙を抜かれた」状態で生きることに、みじめな気持ちを抱いてしまうのは当然なのかもしれない。

筆者から見ると、気楽堂のようなおじいちゃまを愛らしく思ってしまう。白髪を丁寧に結うおばあさんを見かけて、年齢を重ねても女は女でいたいと感じるかわいらしさに笑みがこぼれるように。

同時に、気楽堂を通して浮かび上がってくる著者の渡辺自身には、どこか滑稽さも感じる。これまで地位も名声も思うままにしてきた渡辺。長年医師として働き、作家として大ヒットを飛ばし、求めるがままに大勢の女を抱いてきた。そんな彼が生涯執着していたのは、雄の本能だった。あれほどの大物が、女からするといまいち理解しがたい執着に苦しんでいるのが滑稽なのだ。そのことを、渡辺自身も十分理解していたのだろう。「男の人生はなんと滑稽ではかないのだろう」と、渡辺は身をもって同性である男たちに感慨を投げかけているのかもしれない。

(幻冬舎、二〇一三年)

女の「楽園」とは?――四十歳前後の女が、あらためてセックスに翻弄される理由
花房観音『楽園』

初めてセックスをした頃は、セックスというものは若い女だけがおこなう行為だと思いがちだった。男に〝喜んでもらう行為〟こそがセックスだと思い込み、であれば、若く弾ける肉体をさらけ出したほうがいいだろうと考えるからだ。しかし年を重ねるうちに、セックスはもっと奥深いものだと気づく。男が女を楽しむという男性主導の行為ではなく、お互いが快楽を追い求める行為でもあり、女のほうが男を支配するセックスの形もあると知るのだ。

しかし、やはり〝加齢〟には強いこだわりを感じてしまうのではないだろうか。男に喜んでもらうだけがセックスではないことを知ったのに、「女として見られなくなる」「私はいったいいつまで女でいられるのだろう」という不安が、再び「男に喜んでもらいたい」という心を揺さぶるのである。

誰しも、年を重ねれば、衰える。以前のような肌のハリはなくなり、体のラインは緩くなり、顔にはシワが刻まれる。そんな自分と対峙して自らの性に混乱したとき、あらためて「男から女として見られたい」「まだ女をあきらめられない」という願望が生まれるのではないだろうか。

『楽園』も、年を重ねた女たちが、あらためて自分のなかの女と向き合うという作品だ。京都の花街の跡地に建てられたアパート「楽園ハイツ」には、六人の女たちが住んでいる。そのうち五人は三十代後半から四十代だ。

物語は、楽園ハイツの住人である一人の女の変貌から始まる。四十五歳の子持ちの専業主婦・みつ子は、それまで地味だったにもかかわらず、事故で夫を亡くしたあと、女子高生と見紛うほどの派手な服を身に着けるようになる。そんなみつ子を嘲笑したり、いぶかしがったりするアパートの住人たち。しかし、彼女たちもまた、みつ子と同じように、己の性に翻弄されていた。

パート勤めの主婦・朝乃は四十七歳。二人の子どもは独立して、夫と二人暮らしだ。生活を切り詰めながら、パワーストーンで身を飾り、自分は幸福だと自分に言い聞かせている。夫が単身赴任中のマキは三十八歳。百円均一ショップでパートをし、パチンコ店でアルバイトとして働いている若い男と不倫関係にある。薬剤師の蘭子は四十二歳。バツイチの独身で、容姿には恵まれているけれど、特定の男はいない。結婚していた当時、夫に「お前はセックスが下手だ」と言われたことがトラウマになり、セックスに対して臆病になっているからだ。伊佐子、四十四歳。リストラされた夫と略奪愛の末に結婚した。かつて花街で働いていた経験があり、いまもセックスを渇望する自分と向き合い、思い悩んでいる。そしてみつ子と、その娘の芽衣奈(十七歳)がこの楽園ハイツの住人だ。そんな彼女たちの物語が、楽園ハイツの管理人である、顔に大きな傷をもつ老婆と、一階の小さなカフェの男性店長・鏡林吾を軸に進行する。

楽園ハイツの女たちを見ていると、女にとっての幸せのあるべき姿とは何だろうと思う。若い頃は、男と結婚して子を産み、一人の男だけを愛して、ともに生涯を終えることが幸せで、それが当然の姿だと疑わなかった。しかし年を重ねるたびに、当然のようにほころびが出てきて、その幸せの形に、ふつふつと疑問が湧いてくるものだ。

そして同時に、なぜセックスに向き合うようになるのかといえば、冒頭であげた体の衰えとともに、セックスの本来の目的である「子どもを産む」ことに限界を迎えることが関係しているのではないだろうか。特に「楽園ハイツ」の女たちのような四十前後の女は、セックスが子どもを産むための行為ではなくなっていく年頃であり、自然とセックスや男と関わる理由をあらためて問いたくなるのだろう。

『楽園』の冒頭に記されている『旧約聖書』の一文「女は子を産む苦しみが与えられ、苦労して地を耕さなければ食料を得ることができなくなった」は、楽園を追放されたアダムとイヴの話である。この作品を読むと、男と結婚し、子を産み、一人の男だけを愛そうなどという、無垢な思いのままでい続けなければいけない楽園は、本当に楽園なのだろうかという気になってくる。筆者自身、本書を読んで、どんなかたちであれ、自分は女だという実感を得て体も心も喜びでむせび泣くことができるセックスこそが幸せなのだ、と感じ入ってしまった。

汚れ、傷つき、這いずり回って勝ち取る楽園こそが真の楽園と、本書は訴えていると思う。ぬるま湯に浸かり、「自分は楽園にいる」と言い聞かせている女へのアンチテーゼになる一冊なのかもしれない。

(中央公論新社、二〇一四年)

童貞青年と見守る女の霊――青春の歯がゆさあふれる官能小説『ずっと、触ってほしかった』

庵乃音人『ずっと、触ってほしかった』

女がいちばんいやがる男は、〝童貞〟かもしれない。初めてならば、ある程度勝手を知っている男にリードしてほしいし、セックスについていろいろ教えてもらいたい。次に付き合う男とは、一緒にセックスを開発していきたい。結婚を考える男とは、セックスの相性も知り合いたい……つまり、女の男遍歴にはどのシーンにも童貞は存在しないのだ。もちろん、童貞に手ほどきをしたい女もときにはいるだろうが、セックスのときに主導権を男に握ってほしいと願う女は多いし、逆に「女が主導権を握るとオカンみたいで……」と思う男もいる。

男たちのなかにも、「童貞なんて面倒なしがらみから解放され、明るいセックスライフを謳歌したい……」と童貞喪失を〝一刻を争う最重要ミッション〟と考える人は少なくないのではないだろうか。しかし男とは意外と繊細な生き物。女の処女喪失が一大イベントであるように、男の童貞喪失も大事な記念すべき第一歩なのだ。

『ずっと、触ってほしかった』の主人公・純も、二十二歳の童貞男だ。同僚の美人社員の美穂にあこがれを抱いている。女性経験皆無の純にとって救世主的存在だったのが、幼なじみの凪だった。凪は女性の扱い方をあれこれレクチャーしてくれていたが、交通事故であっけなくこの世を去ってしまった……しかし、凪の葬儀から戻ると、純のアパートには死んだ凪の姿があった。純の恋の成就を見届けたい――そんな凪の思いが念となり、幽霊の姿でこの世に居座ることになったのだ。

幽霊の凪との奇妙な同居をすることになった純。彼の周りには、純があこがれている会社員の美穂を筆頭に、純の趣味であるオカルト研究部（社会人サークル）の部員・真知、大学時代のアルバイト先の年上美人・香澄、高校時代の後輩である祐美、大学時代の先輩で当時迫られたこともある美由紀と、さまざまな女性たちが現れる。

凪の手ほどきによって、純はそれぞれの女性たちといい関係になる。しかし、童貞喪失までには行き着かない。凪は、純がアタックする女たちの唇に触れ、彼女たちの本音を聞く。香澄からは元夫に対する怨念や間男とのセックスに対する熱い思い、祐美からは女友達への対抗心や純に対する悪態……。そして、純があこがれる美穂が、純の父親が地主であることを知って、玉の輿に乗ろうと考えていることも発覚する。

そんなさまざまな思惑を秘めた女性たちのなかで、唯一ピュアな真知だけが純のもとに残る。冴えない風貌の真知は、純によって美しく変貌する。美容院できれいにヘアスタイルを整えられ、最先端のファッションに身を包み、フレンチに舌鼓を打つ。その様子はオカルト研究部の奥手な女性ではなく、男に愛される一人の愛らしい女性の姿だった。ようやく幸せをつかみ、童貞からサヨナラする日が間近に迫ってきた純。一方、凪はある黒服の男と出会うのだが……。

庵乃音人『ずっと、触ってほしかった』

童貞青年の成長を描いているように思われる同作だが、気になるのは凪の存在。凪は、純にずっと恋心を抱きながら、その気持ちを伝えることができず、彼の恋を応援することで自分の気持ちを昇華させたように読み取ることができるのだ。見知らぬ女の最初の男になるくらいなら、私と……そんな凪の本音がひしひしと伝わる。自分の気持ちをうまく表現できなかった青春時代が、凪を通してよみがえってくるのだ。

凪に共感すればするほど、これがある程度経験を重ねた男ならば、素直になれない凪の気持ちに気づくのにと思ってしまった。自分のことに精いっぱいで、女の気持ちどころではない純に歯がゆくなるが、誰しも男は童貞だったのだ。凪の若さゆえのひねくれた態度も、男から見たら歯がゆいのかもしれないけれど、童貞の男たちは女と向き合い、さまざまな経験を積み重ねながら、一人の女性を守れる存在になってほしい……と、老婆心をくすぐられる一冊だった。

（〔角川文庫〕、KADOKAWA、二〇一四年）

一億部突破の『フィフティ・シェイズ・オブ・グレイ』に見る、選ばれる女からの卒業

E・L・ジェイムズ『フィフティ・シェイズ・オブ・グレイ』

女ならば、一度はシンデレラストーリーにあこがれたことがあるのではないか。しかし不況の出口

が見えないいまのご時世、イケメンで金持ちの王子様に見初められてハッピーエンドになるなんてありえない。男より稼ぐ女だってざらにいるし、きょうびの男は女そのものに興味が失せ、〝絶食系男子〟なんていう言葉さえはやり始めているほどだ。

けれど、せめて本の世界のなかだけでは、めくるめくおとぎ話を楽しみたい——そんな願いをもつ女性は全世界にいたようだ。『フィフティ・シェイズ・オブ・グレイ』の売り上げがそれを示している。

二〇一二年に発売されてから、たった五カ月間に全世界で六千三百万部を売り上げた。その速さは『ハリー・ポッター』シリーズ（J・K・ローリング、ブルームズベリー社ほか、一九九七―二〇〇七年）を超える史上最速の売り上げ記録だという。現在は、全世界で累計一億部に達している。全世界一億人の女性を魅了した本作。では、その魅力とはいったい何なのだろうか。

大学卒業を間近に控えた主人公のアナは、体調を崩したルームメートのかわりに学生新聞のインタビューをすることになった。インタビューの相手は巨大企業の創設者であるクリスチャン・グレイ。これまで恋愛経験がなく処女のアナは、ミステリアスで美しい容姿をもつグレイに興味をもち、またグレイもアナに一目惚れし、とある提案をもちかける。

ある日、アナはグレイの大豪邸に招かれる。女として初めての夜をグレイと過ごすと考えて、期待に胸を弾ませるが、彼女が目にしたのは、十六世紀にタイムスリップしたようなロココ調の部屋と、部屋いっぱいに並べられている拷問器具だった……グレイは「ドミナント（支配者）」としてアナを

「サブミッシブ（従属者）」に雇いたいと申し出てきたのだ。

アナはそれまで、一人の男性として強くグレイに引かれていた。もしかしたら初めての恋の相手かもしれない……と。しかし、グレイの申し出によってそんな淡い期待はもろくも崩れ去った。グレイは人を愛することを知らないサディストだったのだ。

食事の内容、エクササイズの方法、セックスのプレイのルール……あらゆる決まりごとが詳細に書かれている契約書を見せられるアナ。彼の性癖に戸惑い、契約書にサインをすることに躊躇しながらも、グレイを拒むことができずに逢瀬を重ねていく。彼女にとっての初めての恋はあまりにも激しく、現実離れしているものだった……。

例えば一昔前のバブル時代など、女たちは、ただボーッと立っているだけでも、自然と金持ちでハンサムな男性が寄ってきて、一晩のうちにお姫様になれると信じていた。しかし当時もそうだが、さらにいまの時代、そうそううまい話はない。どこかに必ず致命的なオチが潜んでいるというわけだ。

あり余るほどの金をもち、誰もが振り返るほどの美貌をもっている男が、実はとんでもないサディストだった……というのは、まさに現代の一筋縄ではいかなくなった恋愛を端的に捉えているように思う。

しかし、最も注目すべきは、グレイに対峙するアナの姿勢だ。躊躇してしまうほどのサディスティックなプレイにも、アナはひるまず挑む。その姿は勇敢だ。王子様から選ばれる存在でしかなかったお姫様はもう過去のもの。本書が女性たちに支持されるのは、アナが自ら選択してグレイとの主従関係に参加しているところなのではないだろうか。

王子様は待っていてもやってこない、すれ違ったら抱きついて離さないくらいのバイタリティーが必要……アナはそんなことを、全世界の女性たちに教えてくれる。

（上・中・下、池田真紀子訳〔ハヤカワ文庫〕、早川書房、二〇一五年）

昔の女を忘れない男は面倒くさい!?——男目線のファンタジー『初恋ふたたび』が女に与える救い
末廣圭『初恋ふたたび』

巷ではよく、男女の恋愛観の違いを〝PC（パソコン）のファイル〟に例えることがある。女は別れた男との思い出を上書き保存するけれど、男はすべての思い出を個別のフォルダーに入れて永遠に保存しておく、というのがそれである。実際女である筆者も、昔の男の存在なんて記憶から速攻で消去する。恋愛を重ねることで自分をステップアップさせたい、絶対に前の恋人よりも条件がいい男を彼氏にしたい。だから、昔の男のことなど思い出す必要はない。

しかし、男のなかでは、昔の恋人との思い出は何十年たっても色あせることはなく、むしろ浄化されて美しい思い出へと変化する……『初恋ふたたび』も、そんな男が主人公。ある写真家が、十年前の恋人との再会を夢見る物語である。

末廣圭『初恋ふたたび』

出版社を退職して山岳写真家になった葛西。五十歳を目前にした葛西は、写真家になってから移り住んだ長野県の小諸に特別な思いを抱いていた。

いまから十年前、出版社の写真部に勤務していた葛西は、アルバイトの女子大生・杏子とともに、二泊三日で信州を訪れた。仕事とはいえ、バツイチの葛西にとって、杏子と二人きりの旅行は非常に刺激的なものだった。温泉宿に宿泊し、混浴の温泉に入り、強くお互いを意識してしまった葛西と杏子はついに男女の仲になる。杏子にとって葛西があこがれの男性だったのと同じく、葛西の目には一回りも歳が離れた杏子の体はまぶしく映った。戸惑いながらも身を委ねる杏子をかわいく思う葛西。彼は杏子の〝初めての男〟になった。

十年たったいまでも、杏子の存在は葛西のなかに息づいていた。彼女への思いを抱きながら、葛西は信州の地でさまざまな女性たちと体を重ねる。大家の若女将のみどり、出版社時代の元同僚の麗奈、蕎麦屋の娘の裕子。信州ののどかな地で、たっぷりと時間を使いながら葛西は女たちを喜ばせていく。そして、ある日ふらりと立ち寄った居酒屋で、三十歳の人妻になった杏子と再会する……。

昔の女をいつまでも覚えている男を、女は非常に面倒くさがるものだ。それはつまり、若い女の体を覚えているということだから。ましてや杏子のように、十年前の恋人・葛西と再び肌を重ねることになったとき、女はまず真っ先に過去の自分の姿を思い出すだろう。女にとっては罰ゲーム以外のなにものでもないなと、本書を読んで率直に思ってしまった。年を重ねたぶん、女の体は衰える。あちこちに脂肪を蓄え、肌の弾力は衰える。昔の体を覚えている相手の前で裸になることほど、つらいことはない。

しかし、本書には救いもある。十年前の杏子のことを思い、「乙女」という名の駅に住むことにした葛西は、十年の時を重ね、衰えたはずの杏子の体を称賛する。昔の恋人と再会し、互いに求め合うというのは、男性目線のファンタジーだけれど、いくつになっても昔と変わらず愛してくれる葛西は、女のなかの乙女心をも満足させてくれるのではないだろうか。

（『イースト・プレス悦文庫』、イースト・プレス、二〇一四年）

石田衣良「いれない」が教えてくれる、挿入がないセックスが男女を強く結び付ける理由

石田衣良「いれない」

挿入することだけがセックスではない。それ以外にも、快楽を得る方法は無数にあるし、挿入での快楽にこだわりすぎると、体位などに気を取られたりして、かえって快楽から遠のいてしまうこともある。恋人同士のセックスであれば、挿入以上に、愛撫されることで女性は感じることも多いだろう。セックスという行為そのものにとらわれてはいけない。セックスを「しない」ことを選択することによって、心を強くつなぐことができるのも、大きな視野で捉えると、また「セックスの魅力」といえるのかもしれない。

『エロスの記憶』は、九作の短篇を収録しているアンソロジーだ。小池真理子、桐野夏生、村山由佳

などの第一線で活躍している九人の作家が名を連ねている。収録作品すべてに共通しているのが、セックス以外の方法で感じ合う男女たちの物語という点だ。

そのなかの一作である石田衣良の「いれない」は、実にシンプルな方法で、読者に〝セックス〟という行為を考えさせる内容になっている。

この物語には、主人公の既婚者のサラリーマン・直哉とフリーターの弥生の不思議な恋人関係が描かれている。外注先でアルバイトをしている弥生と、ひょんなことからデートをすることになった直哉。酒を酌み交わしながら食事をして店を出たとき、ふとキスをしてしまう。艶がある弥生の唇の感触に直哉は興味をもち、二人は付き合うことになる。

しかしこの交際は、「弥生の提示した契約」に沿うという一風変わったものだった。それは「いれない」、つまり挿入しないこと。それ以外であれば、直哉は弥生を自由にできる。

二人の奇妙な関係は二年続いた。「いれない」という前提のデートには、あらゆる可能性がある。下着をつけない弥生を美術館に連れていき、名画の前で尻を揉む。深夜のオフィス街や、人けがない映画館……直哉はあらゆる場で弥生と「いれない」行為を楽しんだ。

しかし、ある日直哉は、別の男性との結婚を決めた弥生から、再びある提案をされる。「いれる」セックスをして永遠に会わないか、弥生が結婚してもいまの関係を続けるか、どちらかの選択を迫られたのだ。はたして直哉はどちらを選ぶのか……。

街なかで人目をはばかりながらおこなう直哉たちの「いれない」行為は、ぞくぞくするほどいやらしい。二年もそんな行為を続け、秘密を共有することで共犯者としての絆も深まり、裸で抱き合う以上に愛情を抱いてしまったのかもしれない。しかし、だからこそ既婚者の直哉にとっては危険だ。体が結ばれないかわりに、心が強く結ばれてしまったのだから。

そもそも弥生にとってこの「いれない」契約は、直哉との関係にはまらない唯一の手段だったはず。けれど彼女も直哉と同じように、挿入、射精という最後までいたらないセックスに、〝永遠に進行中〟というもどかしい思いを抱いてしまったのではないだろうか。

「男の体を受け入れる」という、シンプルで神秘的な行為。普段何も考えずにセックスをしているときには感じないが、男の体の一部を自分の体内に取り込むという行為は、実はグロテスクな行為なのかもしれないと、あらためて感じてしまった。そこに愛がなければ、受け入れることなどできない、とも。セックスとはなんていとおしく切ない行為なのだろう。

（小池真理子／桐野夏生／村山由佳／桜木紫乃／林真理子／野坂昭如／勝目梓／石田衣良／山田風太郎『エロスの記憶』〔文春文庫〕所収、文藝春秋、二〇一五年）

ツンデレ上司と恋愛に不慣れな部下——韓流官能小説が見せる〝おとぎ話〟としてのセックス
チョン・ジミン『恋のパフューム』

〝恋愛感情〟というものを誰かに抱いたことがある人は少なくないが、育った環境によってその感情表現は大きく異なるものである。一昔前とは比べものにならないほど、日本人の恋人同士の愛情表現は大胆になり欧米化してきたとはいえ、その裏では〝絶食系男子〟なる言葉まで生まれたように、生身の女性にまったく興味を示さない若者もいるようである。よくも悪くも、不安定な現代の日本情勢を表しているように感じる。

さて、お隣の韓国はどうだろう。韓国の若者には、日本とはまた違うさまざまな障壁が待ち構えている。例えば、熾烈を極める受験戦争や徴兵がそれにあたる。これらの障壁によって恋愛がいっそう燃え上がることも想像にかたくないだけに、韓国の若者たちは、もしかしたら私たちが想像するよりも情熱的な恋愛観の持ち主なのではないだろうか。日本でも大ブームになった、韓国ドラマ特有の〝ロマンティックなラブストーリー〟もこうした背景から生まれているのかもしれない。

『恋のパフューム』の作者は韓国人。二〇一五年春に立ち上げられたばかりの韓国ロマンス文庫レーベル「K-ロマンス」から刊行された作品だ。韓国女性が描く恋愛模様の数々が、ときに静かに、ときに激しくつづられている。

舞台は、とある化粧品会社。この会社で調香師として働くメガネ女子のジウンが主人公だ。仕事も順調、優しい恋人をもち、充実した日々を送っているジウンだが、彼女は一つの悩みを抱えていた。それは、交際一年にもなるという恋人といまだに肉体関係がないということ。

物語のもう一人の主人公は、ジウンの上司であるインハだ。彫刻のように整った容姿と腹に響く低い声をもつ、冷静沈着、完璧主義な男性である。しかしそんな彼も、ジウンが放つ青い桃のような香りに魅了され彼女の前では動揺を隠せないでいた。

物語はジウンとインハの視点で交互に語られる。恋人と結ばれたい半面、インハが付ける香水の香りと魅力に翻弄され、ジレンマに悩むジウンと、ジウンに魅了されながらも行動に移せずにいるインハ。互いが放つ香りによって引かれ合う二人は、ひとたび上司と部下という関係性を超えると、周囲も寄せ付けないほどぴったりと寄り添い、情熱的に燃え上がっていく。

〝上司と部下〟〝ツンデレ上司と恋愛に不慣れな女性〟――女性があこがれる王道のロマンティックなシチュエーションがたっぷりと盛り込まれている本作は、韓国ドラマにも通じるものがあるのではないだろうか。恋愛感情をもったことがないインハが、初めて愛した女性ジウンを抱くというセックスシーンは、その緻密な描写が見どころだ。ジウンのつま先から頭のてっぺんまで丁寧に愛し、性欲を解放させていくさまは、思わずうっとりしてしまう。

セックスシーンが盛り込まれた官能小説であるにもかかわらず、本作はむしろ〝おとぎ話〟のように読める。普段のセックスの延長線上ではなく、まったくの非日常のファンタジーの世界を楽しめるのが韓流官能小説なのだ。最近はやりの〝キス動画〟を見るように、自己逃避して、かわいらしいカップルから恋愛のエッセンスを吸収するのにぴったりの作品である。

（いしいのりえ訳〔K－ロマンス文庫〕、シーラボ、二〇一五年）

指一本で表現される静謐ないやらしさ——川端康成の『雪国』を〝官能〟として読む

川端康成『雪国』

日本の名作純文学のなかには、実は「性を美しく表現した」作品も数多く存在している。中高時代に課題図書だった作品や、幼い頃に教科書で目にした作品を、大人になってから読み返すと、その繊細な性描写に圧倒されることがある。年を重ねてからこそ気づける機微——大人になるとジャンクフードを敬遠して、出汁が染みた煮物をほしがるように、私たちの感性は日々少しずつ変化している。『雪国』は、川端康成の代表作としてあまりにも有名だ。冒頭の「国境の長いトンネルを抜けると雪国であった」は、現在も〝名文〟として語り継がれている。

家庭をもつ文筆家である島村は、冬の日、汽車で東京からとある雪国へと向かうなか、病人に付き添う若い娘・葉子に出会い、強く興味をもつ。一方で、北国の温泉場に着いた島村は、駒子と再会する。駒子とは、去年の五月、初めてこの温泉場を訪れた際、一度は断ったものの結局一夜をともに過ごしたのだ。

島村は、葉子と駒子が知人だったことを知る。葉子が連れ添っていた病人・行男は、駒子のいいなずけだというのだ。そのことを問いただすと、駒子はいいなずけではないと訴え、島村のために美しい音色の三味線を聞かせる——そのとき島村は、駒子の島村に対しての愛情を知るのだった。しかし、翌年の秋。再び島村が駒子がいる温泉宿を訪れると、彼女には夫同然の男がいることを知らされる……。

しんしんと積もる雪のように、淡々とつづられる物語『雪国』。そこに見られる男女の描写は実に繊細で、読者の胸を強く打つ。特に筆者の印象に残っているのは、冒頭の汽車のなかで、島村が駒子を思うシーン。島村がこれから会いにいく駒子のことを思いながら指を動かして眺めている描写である。その後島村は駒子に再会して、「この指が覚えていた」と告げるのだが、これはつまり、自らの指を動かすことで、駒子の体の感触を思い出そうとしているわけである。直截的ではないけれど、実にいやらしくて、かつ愛らしい描写のように思う。

本作には、決して派手な描写はないけれど、こうした静かな言葉の一つひとつに、熱い思いが込められているようで、文字を追うごとに心も体も温かくなる。この感覚は、年を重ねた読者たちの恋愛にもシンクロするのではないだろうか。若い頃は、一秒でも長く好きな男と時間を共有したかったけれど、年を重ねると、汽車のなかでの島村のように恋人を思いながら一人で過ごす時間も、有意義だと思えるようになる。ただただ相手の顔色をうかがう恋愛だけでなく、相手を思う自分自身の感情と対峙してから、改めて相手と冷静に向き合うのは恋愛の趣ある一場面のように感じられる。

いまから約八十年も前に出版された本作。遠い過去のとある雪国の男と女に思いを馳せながら、自分の感情を噛み締めてページをめくるのは極上の時間のように思う。

（〔新潮文庫〕、新潮社、二〇〇六年）

官能小説読みの視点で考える、BL小説の恋愛とセックスで満たされる女の願望

木原音瀬『美しいこと』

小説業界でも「BL（ボーイズラブ）」のジャンルが一般的になった。現在では、電子書籍サイトのカテゴリに当然のように存在していて、書店でもライトノベルのほかマンガなども多く見かける。

それに対して女性同士が絡み合う「百合」も、同じく一般的に愛されるようになったジャンルではある。ただ、筆者が愛読している官能小説では、やはり男性向けに書かれているものが多いため、「百合」行為というものには、女性の絡みを〝男性が覗き見する〟など、ほぼ必ず男性の視点が存在する。

しかしBL小説にはそのような要素はなく、二人きりで恋愛や行為を楽しむ世界が描かれる場合がほとんどのように思う。BL初心者の筆者は、女性の存在がなく、男性が二人きりで行為を楽しむというBLの世界には、女性読者のどんな願望が秘められているのかと興味が湧いた。

ごく自然に、人が人を愛する延長上で描かれるBLの世界観――ここでは、普段官能小説を読む筆者から見たBLという世界、そして世の女性たちを長年魅了し続けている理由を考えてみたい。

BL世界の神ともいわれている作家・木原音瀬。『美しいこと』は舞台化もされた人気作品である。

主人公は、ごく一般的な企業に勤める松岡。日々蓄積する仕事の鬱憤を女装というかたちで晴らすことで快感を得ている。女性的な顔立ちの松岡が化粧をして女性の服を身に着けると、とびきりの美女に変貌する。普段は男性である松岡は、〝女〟として見られ、声をかけられることに喜びを感じていた。

そんななか、松岡はあるトラブルに巻き込まれてしまう。いつものように声をかけられた男について いったところ、松岡自身が男であることがばれてしまったのだ。貴重品すべてが入ったバッグを置いて男の部屋から逃げた松岡は、途方に暮れていた。

靴も履かずにふらふらとさまよい、街の片隅で腰を下ろしていたときに手を差し伸べてくれたのは、同じ会社に勤める寛末だった。経理課で働く彼は温厚でおっとりとしていて、仕事が遅い。同期からいわせると、ウドの大木のような存在だと聞かされていた。

その後、寛末は女装した松岡に強く引かれる。彼の気持ちを知った松岡は、口をきくことができない〝女〟として寛末と関係をもつようになる。

松岡を女装した男だと気づいていない寛末は、切ないほどに一途な思いを松岡に向けてくる。早起きが苦手な〝女〟の松岡のためにモーニングコールをかけて起こしたり、まっすぐに「好きだ」という気持ちをぶつけてきたりする。そんな寛末の思いに戸惑いながらも翻弄されていく松岡は、いつからか、一人の〝人〟として寛末と向き合い始める――。

女装をした松岡と寛末のデートシーンは、筆者の胸を突き刺した。本当は男であることがばれないように、声を出さずに筆談で交わされる会話。まるで中学生同士のように初心《うぶ》なデートは、〝性別〟の嘘のうえに成立している――それはあまりにもリスキーで非情な嘘だ。

そんな松岡を見ていると、官能小説で描かれる男女間の嘘は、当人同士の決断次第でたいていはどうにかなるように思えてしまった。例えば実は既婚者だということを隠した不倫の恋も、離婚をすれば結ばれる可能性がある。年齢、収入、浮気など、あらゆる恋愛の嘘を思い浮かべても、「性別」以外のほとんどの嘘は理性で解決できるものばかりだ。

異性愛者の恋愛対象が同性になったとたん、その〝人〟が好きだという思いに真剣に向き合わなければならない。また一般的には、両親や友人にも打ち明けにくい、二人きりで育まなければいけない恋。BLは、そういった禁断の関係の延長線上にだけ存在する究極の愛のように思えた。

BL界の芥川賞作家ともいわれる木原の作品は、BL好きの女性に決して優しくない。松岡と寛末が勤務する社内の同僚などからの「男同士の恋愛などありえない」という視線が多く盛り込まれるなど、「小説だから、男同士の恋愛にハードルはない」と一蹴させてくれないのだ。そんな説得力あるリアリティーを見せてくれるからこそ、普段BLを読まない筆者も、切ない二人の関係性やそのファンタジックな世界観に魅了され、あこがれを抱いた。

松岡が男だとばれたあと、寛末は松岡を「男」として抱く。温厚な寛末からは想像もつかないほどの暴力的なセックスシーンは、その人が「子供でも、八十の老人でも愛している」とまで思えるような女性に出会えなかった、そして出会った相手は男である松岡だった、という寛末の苦悩を表しているようだ。

「本気で誰かとぶつかりたい、でも相手がいない」――BLが愛される理由、そしてこの物語が多くの女性に愛される理由は、そんなピュアな思いを満たしてくれるからなのかもしれない。

（上〔Holly novels〕、蒼竜社、二〇〇七年、下〔Holly novels〕、蒼竜社、二〇〇八年）

姉の手に射精した夜を忘れられない弟――『残り香』に感じる〝禁断の熱量〟とは？
松崎詩織『残り香』

官能小説の楽しみ方の一つに「非現実的な世界に浸る」というものがある。現実では決して許されない関係性が、官能小説のなかには多く描かれているのだ。例えば不倫などはその代表例だし、男性が友人の妻を寝取ったりすることはもちろん、義母や少女と関係をもったりなど、さまざまな禁断のシチュエーションが繰り広げられている。

なかでも最も〝禁断〟なのは、血がつながったきょうだいの関係だ。これまでも姉と弟、また妹と兄の作品を紹介してきたが、この特殊な関係性が官能小説ファンに愛される理由はどこにあるのだろう。

『残り香』は、姉と弟の切ない純愛が描かれた作品である。物語は、主人公の隆が最愛の姉・涼子の死を告げられたシーンから始まる。三十五歳の立派な社会人で、プライベートでもいくつかの恋愛を経験し、現在は才色兼備な恋人をもつ隆だが、彼が幼い頃から愛していたのは、実の姉である涼子ただ一人だった。

隆は十五歳の頃に両親を交通事故で亡くした。当時大学二年生だった涼子は、葬儀のときには一滴の涙も見せずに毅然と振る舞っていたが、隆は姉が寝室で泣いている姿を見てしまう。

とっさに涼子の布団にもぐりこみ、震える肩を抱き締めた隆。その行動は、弟としての姉への愛情というより、〝男〟としての涼子へのいとおしさによるものだった。思いが募るあまりに隆の下半身は膨らんでしまう。そして涼子の手のなかに、爆発しそうな思いとともに射精してしまった。

「姉は眠っていたのか、それとも——」。あの夜のことを聞くことができないまま高校生になった隆は、さまざまな甘酸っぱくも苦い経験をすることになる。クラスメートの響子から突然「助けて」とだけ書かれたメモを渡されたことがきっかけで保健室で裸を見たりと、急速に響子との距離が縮まるのだが、結局は悲しいかたちで別れを迎えてしまう。そして隆は、ひょんなことから保健の先生に童貞を捧げることになる。

何人もの女性と関係をもち、心も体も大人になったにもかかわらず、ずっとあのときの涼子の態度を引きずっていた隆。隆の自慰行為を知っていて受け止めたのか、それとも単純に眠っていたのか、答えを聞けないまま、涼子は天国へいってしまった。しかし、天涯孤独になった姪である涼子の娘・知里と久々の再会をしたとき、隆の心臓は激しく脈打つ。目の前にいる知里は、まるで幼い頃に恋をした涼子の姿そのものだったのだ……。

実の姉と弟、そして姪までも巻き込んだ禁断の愛は、思わぬ方向へ転がっていく。隆が、涼子が起きていたのか眠っていたのかで悩んでいたように、禁断の間柄では、関係を先に進めようとすることにかなりの葛藤を伴う。読者はその果てしない葛藤を現実では体験できないだろうが、官能小説で追体験をすることはできる。このような〝葛藤〟は、読み手に多彩な感情を発見させてくれるのではないだろうか。

「姉と弟の純愛なんてありえない」と一蹴すればそれまでだが、それだけでは片づけられない情熱的な愛が本書にはつづられている。私たち読者は、その熱量にどこかあこがれるからこそ〝禁断の関係〟に引かれるのだろう。

（〔幻冬舎アウトロー文庫〕、幻冬舎、二〇〇七年）

第4章　妻

官能小説界で不動の人気テーマである人妻モノを集めました。ちょっとエッチなかわいい人妻から、妖艶で美しい人妻まで、さまざまな妻たちが勢ぞろい。官能小説ならではの、ファンタジックなイケナイ妻たちの物語に触れてみてください！

部下に妻を寝取られ、自慰にふける中年男の悲哀

――『不貞の季節』が最高にエロい理由

団鬼六『不貞の季節』

愛する者の裏切り行為は、ときに人のマゾヒスティックな気持ちを呼び覚ます。例えば、恋人が自分以外の女とセックスしていると気づいたとき、例えようがない悲しみと怒りに包まれながら、どこかその半面、「愛する人が、ほかの女を抱いていた」という現実に、えも言われぬ〝官能〟を感じることがあるのではないだろうか。ほかの女をどう抱いたのか――？　そんないやらしい好奇心を抱いてしまう自分が、どこかに存在してしまうこともある。

ＳＭ作家の第一人者である大御所、団鬼六の自叙伝的小説『不貞の季節』には、当時四十歳だった鬼六に起きた、衝撃的な日常が赤裸々に描かれている。

鬼六は、中学校教師を辞めて単身上京し、ＳＭの世界に生きることを決める。その挑戦は、驚くほどトントン拍子に進み、鬼六はその世界で頭角を現していき、ついにはＳＭ雑誌や写真集の出版を手がける制作会社・鬼プロの設立にこぎつける。そこに緊縛師として入社してきたのが、川田という男だ。一流商社出身でルックスもよく、女優からの評判も上々。緊縛師としての腕もよく、京子という大学生の愛人を世話してくれた川田に、鬼六は絶大な信頼を寄せた。

しかし、そんな川田に、鬼六は妻を寝取られることになる。鬼六の妻は、教師をしていた頃に知り合った六歳年下の美人英語教師だった。鬼六の成功とともに、彼を追って東京に出てきた妻は、ある日「旧友が開校する英会話塾の手伝いにいきたい」と鬼六に打診する。週に二回の英会話塾の手伝いに川田も駆り出されることになったのだが、二人はいつしか不倫関係を結んでいたのだ。

その事実を知ってしまった鬼六は、作家ゆえの好奇心か、妻とのセックスの一部始終を、川田から詳細に聞き出す。彼の口から語られる妻は、性欲にまみれ、セックスに溺れる雌そのものだった。そして鬼六は、川田に妻とのセックスの様子をテープレコーダーに録音するように命じる。そして、愛する妻がほかの男に抱かれる声を聞きながら、鬼六は何度も何度も自慰にふけるのだった。

自分の仕事である緊縛には嫌悪感を示していたのに、川田にはそのプレイを許していた妻。自分には開くことがなかった性を、川田にはあられもなく開放していた妻――二人はその後離婚し、別々の道を歩むことになる。

SM界の大御所・団鬼六ゆえ、私生活でもアブノーマルなセックスを好むのかと思われがちだが、実はそうではない。ノーマルな正常位をしながら、頭のなかでアブノーマルな妄想を掻き立てることで満足を得られるタイプだったという。

そんな鬼六が、ほかの男に抱かれる妻のよがり声を聞き、涙を流しながらも狂ったように自慰にふける姿を本書で目の当たりにし、これこそ究極のマゾヒスティックな感情なのだろうと思った。

さらに、そのマゾヒズムを加速させるのが、鬼六が「作家」である点だ。信頼していた部下に愛する妻を寝取られたという悲しみ、本能をうずかせる妻のいやらしさに欲情し、興奮してしまう悔しさ……そんな多方面から押し寄せる感情を鬼六が昇華させるには、筆で文字にしたためるしか方法がなかった。この「作家として、性の世界で生きる空しさ」こそが、この作品の重要な官能になっているのではないだろうか。

性をめぐって湧き出す感情とは、不可解で未知なものである。鬼六が、たとえ自身にとって格好が悪い出来事だとしても、作品としてそれを後世に残した姿は、悲しくもありながら、どこか滑稽で明るい。そんな相反する感情を同時に抱いてしまう一冊である。

（〔文春文庫〕、文藝春秋、二〇一一年）

生活か、セックスか——結婚を控えた女のやるせない渇望を描く『よるのふくらみ』
窪美澄『よるのふくらみ』

結婚とは、一人の男性を家族として、またセックスのパートナーとして、二つの役割を両立させながら生涯愛し続けることである。そう考えると、筆者はとたんに結婚に自信がなくなる。この二つを一人の男で消化できる女など存在するのだろうか。生活に重きを置けば、男をともに家庭を作るパートナーとしか見られなくなるだろうし、そんな男の前で、夜だけは女になれといわれても、想像するだけで疲弊してしまう。

出産とセックスという「生と性」をテーマにした作品『ふがいない僕は空を見た』(新潮社、二〇一〇年)でデビューした作家・窪美澄は、新作の『よるのふくらみ』でも、生と性の狭間で揺れる男女の姿を描いている。そのなかの「なすすべもない」で、主人公みひろは、結婚を控える前から家庭とセックスの間に挟まれ、押し潰されそうになっている。そう、本作には生活とセックスという「生と性」の問題が描かれているのだ。

保育園で働く主人公のみひろは、幼なじみの圭祐との結婚を控えている。彼女の実家は、中華料理店を営んでいて、母親はまだみひろが幼い頃に若い男と駆け落ちした。商店街の男子から、「おまえのおふくろ、いんらんおんな」などとからかわれたが、圭祐は彼らからみひろを守ってくれた。その三年後、みひろの母親は、何もなかったような顔で戻ってきた。ある日、母親とけんかしているみひろを見た圭祐は「結婚」というかたちで、彼女が母親のもとを離れるきっかけを作ってくれた。

圭祐には、不動産屋で働く弟の裕太がいる。彼が探してくれたアパートで、みひろは圭祐と暮らし始める。しかし、忙しい合間を縫っておこなわれるセックスは、やがて少しずつ間引かれていく。二週間に一度、一カ月に一度――と。

みひろは圭祐が寝ている隙にパジャマを脱がし、一方的にセックスをしようと試みた。しかし疲れ果てている彼はみひろの愛撫に応じてはくれない。しばらくして、別々の布団で寝ることになったが、みひろはセックスを渇望する。

そんななかみひろは、鬱積した気持ちを抱えたまま、同僚との合コンに参加する。そして帰り道、圭祐の弟・裕太とばったり出会う。それ以降みひろは、昔彼女に恋心を抱いていたという裕太とのセックスを想像することでいらだちをやり過ごそうとしたが、そうするうちに、裕太への思いが強くなっていった。

ある日、圭祐の実父の三回忌に参列することになったみひろは、圭祐の婚約者として酒の席についたが、彼の親戚からあらゆることを言われる。「早く子ども産まないと」「もう三十だもの」。他人の無責任な言葉の数々が、みひろに突き刺さる。その夜、みひろは圭祐に詰め寄った。「私はセックスがしたい」と。しかし彼から告げられた言葉は、ますますみひろの首を締めるものだった……。

恋愛、セックス、家庭、出産。女には悩みの種がいくつもあるが、みひろにとって「幼い頃、母親が駆け落ちした」、つまり「母親が、生活を捨ててセックスに走った」という事実が、それらの悩みをさらに複雑にしているのだろう。

最も軽蔑していた母の女としての一面が、自分のなかにも存在していた。セックスがしたいという渇望が、母への恨みを巻き込み、さらにみひろを追い詰めているのではないだろうか。それは、血のつながりのために、永遠に彼女を解放してくれない。そんな呪縛にとらわれてきたみひろの姿は、いかに生と性が折り合いがつかないものかをあらためて教えてくれる。

（新潮社、二〇一四年）

女と不倫をする主婦の物語——『深爪』が描く女同士のセックスは純粋なのか

中山可穂『深爪』

最愛の妻を寝取られたとき、夫はそのやるせない気持ちにどう折り合いをつけるのだろうか。腹いせに、妻がそうしたように自分もほかの女と寝るかもしれないし、逆に妻の浮気がカンフル剤になって夫婦の絆がより深まるかもしれない。

もし夫婦関係が修復不可能であれば、離婚という道もあるだろう。不貞をはたらいた妻に反撃をしないと気持ちが落ち着かないという場合、離婚のための裁判をしつこく長引かせるのも一つの手だ。そうすることで、妻側からも徹底的に嫌われれば、あきらめもつくというものだ。

このように、パートナーの不貞行為は、相手だけでなく自分にとっても苦しいことである。なかには、相手にとって、自分より勝る異性が現れてしまったときは、あきらめる以外に方法はないと考える人もいるだろう。しかし、妻の浮気相手が女だった場合、夫はやるせない気持ちの着地点をどこに置くのか。いままでごく普通に愛し合っていた妻が、性愛の対象として「女」を連れてきたとしたら？

『深爪』は、バイセクシャルで人妻、子持ちの吹雪の物語だ。吹雪には、なつめという女の恋人がいる。〝主婦キラー〟と呼ばれているなつめとの逢瀬の場は、吹雪の自宅。彼女の子どもが昼寝をしている時間帯に、夫の清と寝ている部屋で体を重ねている。

吹雪は、清と結婚する前からバイセクシャルだった。その事実を伝え、「男と浮気しなくても女遊びはする」と宣言し、清もそれを容認していた。

吹雪は次第に、女同士のセックスのほうがよくなり、清とのセックスを避けるようになる。清と体を重ねることは減り、それでも清に激しく求められると、彼女は手と口を使って清を慰めた。その行為は、ますます二人の間に溝を作る。

その裏で吹雪となつめの関係は深まっていくが、口論しては抱き合い、再びけんかをするといった、激情に身を任せるような付き合いは限界を迎えて破局する。しかし、吹雪はまた別の女性に心引かれるようになる。それは詩人でトラック運転手、どこかユニセックスな雰囲気を醸し出している笙子だった。結局、吹雪は家庭を捨てて笙子についていくことにするのだが……。

筆者は女だが、なんとも不遇な状況にいる清に感情移入してしまった。目の前に、吹雪の浮気相手として笙子が現れたときの清の気持ちを想像すると、いたたまれない気持ちになる。これほどの修羅場など存在しないだろうとさえ思った。妻の吹雪の腹に愛息を宿したという、清にとっての男としてのプライドは、妻と同性の浮気相手の出現で、いとも簡単に崩されたのだから。

妻が女と浮気をするということは、男がもつ「女性を妊娠させることができる」という能力を否定されることなのではないだろうか。そう考えると、男にとってこれほど屈辱的なことはない。

しかし一方で、『深爪』で描かれた同性愛者同士の恋愛を、純粋で美しいものと感じてしまった。この本のタイトル『深爪』とは、まさに女同士のセックスと深い愛情を意味する言葉である。男女のセックスとは異なり、性器を「挿れる」ことができない彼女たちは、代用として指を使う。恋人を傷つけないよう、行為の前に短く爪を切るという意味での『深爪』なのだ。そこには、互いのことを深く思いやるという関係性が見えてくる。

自分の夫を傷つけてまで、吹雪が女同士の恋愛に走ったのは、そんな女同士の深い関係性のためなのかもしれない。生殖という本能が発揮されないぶん、より強く心が引かれ合う性愛——吹雪が激情を抱いてしまった理由がなんとなくわかるような気がした。

（『集英社文庫』、集英社、二〇〇八年）

「最もわかり合える存在」——夫婦の欺瞞を暴く、男女四人のダブル不倫官能作品『花酔ひ』
村山由佳『花酔ひ』

若い知人の結婚報告を聞いていると、ハラハラすることがたびたびある。なぜなら、「結婚」というイベントに参加するような感覚でいるから。ブライダル雑誌のテレビCMを見ていても、同じような気持ちが湧いてくる。確かに結婚式で花嫁は、純白のドレスを着て、大勢の人々に祝福され、その日だけは主人公になることができるわけだが、若い女たちにとって、結婚とは「学園祭のヒロイン」に抜擢されることに近い感覚なのでは、と不安を覚えてしまうのだ。

結婚というものは一過性のものではない。パートナーとして選んだ男との人生は、離婚しないかぎり一生続く。ドレスを着てみんなに祝福されたその先には、「どちらかが死ぬまで相手を愛し続けなければいけない」という人生が待っている。それはセックスも同じ。いまの日本では、「結婚したら、パートナーとのセックスだけで満足し続けなければならない」ということになっている。しかし、はたして本当にそんな人間など存在するのだろうか。たいていの夫婦は、妥協してセックスを行事化したり、いつの間にかセックスレスになってしまうのではないだろうか。

パートナーにあきらめを感じたとき、また心をえぐられるように強く引かれる異性に出会ったとき、女はどうなるのだろう……そんな疑問を抱いて手に取ったのが『花酔ひ』だ。

この作品には、四人の男女が登場する。浅草の老舗呉服店の一人娘の麻子には、ブライダル会社に勤める夫・誠司がいる。あるとき麻子は、自身が営むアンティーク着物店の仕入れで、京都の葬儀屋・桐谷正隆と出会う。彼は千桜という妻をもっていた。

正隆は仕事に対しての野心はあるが、女に対しては何の野心もないという男。妻の千桜が自分とのセックスに満足していないことも承知していた。そんな彼が麻子と出会い、次第に距離を縮めていく。そして一方千桜も、誠司と距離を縮めていく。幼い頃、薄暗い部屋で叔父と逢瀬を重ねた経験をもつ千桜と、小学生の頃、祖父母宅の縁側でした初めての自慰の一部始終を、見知らぬ女に侮蔑するような目で見られた経験をもつ誠司。誠司は千桜と出会ったとき、「俺は、この女に狂う――」と直感した。

色こそが恋、恋こそが色。光源氏の時代に言い伝えられた現実を目の当たりにした二組の夫婦。麻子は正隆に初めて雄を感じ、正隆は麻子という女に初めて心から引かれる。千桜は幼い頃に封印した性を誠司によって解かれ、誠司もまた千桜との行為で自我を解放する。

夫婦というものは、誰よりも相手のことをわかり合っている存在ともいえるだろう。しかしそれはしょせん、道徳上のセオリーにすぎないのかもしれない、と本作を読んで思った。たとえ性の部分が満たされなくても、生活を維持するために、相手の難点には多少目をつぶらなければならないという関係性では、本当に「わかり合える」存在になるのは難しいのかもしれない。

まさに禁断の感情が開かれた二組の夫婦は、そのあとどうなるのだろうか。表面的には取り繕うことができたとしても、自らが渇望している欲は決して払拭できない。そんな人間の性を、本作は四人の男女を通してありありと暴いているのだ。

「恋ではない、愛ではなおさらない、もっと身勝手で、純粋な何か――」。本作のキャッチコピーのように、人は誰もが、第三者には説明できない鬱積した欲望をもっているような気がする。もちろん、誰にも言えない秘密を抱えたまま生きていくこともできるだろうが、いったんその秘密を解き放つと、この物語の男女のように、自分自身でも制御がつかない、ときに窒息しそうなほどの地獄を見るのだろうか。けれどそれが、このうえなく甘美な誘惑をはらんでいるような気もしてしまう。なんとも恐ろしい一冊である。


（文藝春秋、二〇一二年）

上司の妻との濃厚なセックスシーンを描く『愛される資格』が〝官能小説ではない〟理由

樋口毅宏『愛される資格』

男はよく男同士の関係性を築くために女を利用することがある。一昔前だと「家庭をもつ」ということは、男にとって社会的地位を安定させるための重要な要素だった。また、任侠映画などでは、いい女を抱くことが男にとってのステータスだったりする。

男たちの身勝手に付き合わされる女たち。もちろんその男女間には、多少なりとも恋愛感情が育まれてはいるのだろうけれど、もしかすると、男たちにとっては目の前の女よりも、この女と関係している自分自身が、ほかの男たちにどう映っているのかのほうが重要なのでは、と感じることもしばしばある。

『愛される資格』も、そもそもは男同士の些細な憎しみ合いから生まれた物語だ。主人公の兼吾は、大手文具メーカーに勤めるバツイチのサラリーマン。入社十年目、三十三歳になる兼吾には、入社以来ずっと気に入らない上司がいた。それは同じ経理部の部長・下永だ。

二十二歳上で、大学時代はラグビー部の主将、がさつで吝嗇家。下永の体育会系の権力的な態度は、常に兼吾をいらつかせていた。ある日、一人で休日出勤をしていた兼吾のもとに、下永が現れる。飲みに誘われるがままに二軒ほど店を渡り歩き、酩酊した下永を自宅に送り届けた兼吾。リビングの写真立てのなかでは下永を中心として夫人と娘がほほ笑み、彼もまた、普段社内では決して見せることがない柔らかい笑顔をしていた。リア充クソ野郎——兼吾は、ある計画を立てた。下永の妻・秀子を寝取ってやろう、と。

突然に兼吾からの連絡を受け、最初は警戒していた秀子だが、二回、三回と会うたびに二人の距離は縮まっていく。最初はカフェ、次は中華料理店からバーへハシゴし、大通りから隠れて口づけを交わす。そして、次に会うときは、シティーホテルへ。「あなたのことが好きです」と、一回り年上の秀子を抱く兼吾は、下永への復讐心に陶酔していた。

しかし、晴れて上司の妻を寝取った兼吾だが、体を重ね、互いをあだ名で呼び合ううちに、心のなかに秀子への愛情が芽生え始めてしまう。そして二人の運命は、思わぬ方向に転がっていく……。

この本の帯には大きく「これは官能小説ではない……純愛小説である。」というキャッチコピーが書かれている。そのとおり、兼吾と秀子のセックスシーンは非常に濃厚に描かれているが、官能的に感じないところが不思議である。それはたぶん、兼吾自身が秀子を抱いているとき、どこか俯瞰して自分を見ているからではないだろうか。下永と真正面から向き合うことができなかった兼吾は、秀子を介して下永と対峙したかった……だからこの作品は「官能小説ではない」のである。

しかし、男同士の物語に付き合わされた女だって、黙ってはいられない。ラストは予想を裏切る、女性上位の展開が待ち受けている。一見、一回り年下の夫の部下に転がされ、セックスに溺れてしまったダサいオバサンの秀子。けれど転がされていたのは実は兼吾だったと筆者は感じる。ここにキャッチコピーの「純愛小説である」という言葉が浮かび上がってくる。兼吾にとっては悲しさや葛藤を含んだ純愛、けれど見ようによっては痛快な本作を、ぜひ多くの女性に体験していただきたい。

（小学館、二〇一四年）

カルボナーラを食べながらセックスにふける——「淫食」の性愛描写がいやらしい理由

小玉二三「淫食」

食事とセックスは非常によく似ている。目で楽しみ、口のなかに含み、舌で味わい、咀嚼する。出会いからセックスにいたるまでの流れと同じようだ。女も、セックスをするときにパートナーになる男のルックスにこだわる部分はあるが、男の女の見た目に対するこだわりようは想像以上に強い。容姿やスタイルの好みはもちろん、触り心地や肌の感触まで細かくイメージしている男性が少なくないのだ。

筆者の知人の男性は、胸が小さくて細身な女が好きだと言っていた。その理由は、セックスのとき、恥骨が浮き出た部分をアイスキャンデーのようにしゃぶるのが好きだからという。またある男性は、ぽってりとしたおなかに指を食い込ませるときの感触がたまらないそうだ。そんな話を聞いていると、「まるで食事の好みを語っているようだ」と感じてしまう。

『妻の犯罪』収録の「淫食」は、食欲と性欲がシンクロしている不思議な作品である。

主人公の鍋島は、四年前にオープンしたレストランのオーナーシェフだ。離婚した元妻の実果とも円満で、彼女が鍋島の店に客としてやってくるほど。離婚したことに未練はないけれど、美食家である実果の肉感的な体だけはいまでも恋しい。彼女の体はこってりとしたクリームが乗った肉料理のようで、鍋島はその体形にそそられて猛烈にアタックしたのだ。

鍋島が店を閉め、一人くつろいでいると、閉店した店のドアを誰かがノックする。顔をのぞかせると、そこには先ほど食事をしにきた女性グループの一人がいた。実果とは正反対の、柳のようにしなやかなプロポーションの女性だ。名前を瑠璃子という。

鍋島は、ひょんなことから瑠璃子を自宅まで送ることになる。バレエのインストラクターをしているが、持病が重くなり、その道をあきらめることになったという。鍋島は、そんな自暴自棄の彼女を抱いてしまう。

幼い頃からバレエのために食事を制限していた瑠璃子と、鍋島は食事を楽しみながらセックスをする。卵を混ぜながら彼女のショーツを下ろし、ベーコンを炒めながら愛撫する。完成したカルボナーラを頬張る彼女の腰を撫で回し、ソースで唇を光らせる間も激しく腰を動かす。

食欲と性欲という、三大欲求の二つを同時に満たす二人のセックス描写は非常にいやらしくて、そそられる。それはたぶん、私たち人間の奥に秘めた本能をわしづかみにされるからではないだろうか。

子どものときは、好きな相手につい強く噛みついてしまったり、制御できないほどきつく抱き締めてしまったりしたことがあった。まるで、交尾のあとに、相手を食べてしまう生き物のように。相手を食べてしまいたいほどの愛の衝動が「淫食」にはほとばしっている。そして、好きな相手を自分の体内に取り込むことができる女は、男よりも少しだけ幸福なのかもしれないと思った。

（庵乃音人／文月芯／葉月奏太／相原晋／小玉二三／草凪優『妻の犯罪――官能小説傑作選 哀の性』〔角川文庫〕所収、KADOKAWA、二〇一五年）

『秘密の告白』に思った、人妻が不倫セックスに言い訳しないワケ

亀山早苗『秘密の告白――恋するオンナの物語』

不倫をしていることが妻にばれたとき、まず言い訳から入る男は多い。愛人に対してはさんざん愛

の言葉を吐き続けてきたにもかかわらず、それまでの恋愛気分などは一蹴して保身に走る。それに比べて、不倫がばれた女はそう簡単には謝らないような気がする。たとえ世間を敵に回す行為だとしても、自分の行為に対して非常に強い意志をもっている――そんなことを、『秘密の告白』を読んで感じた。

本書は、三人の人妻の心を描いた物語。平凡な人妻たちが婚外恋愛に足を踏み入れ、溺れていく様子を描いている。

夫の親友と関係をもち、彼との激しいセックスに身を投じていく香代。娘の彼氏、そして担任教師と関係をもち、SMの世界にのめり込む久美子。些細な好奇心から出張ホストとの逢瀬にはまっていく弥生。彼女たちの心のなかにはそれぞれ小さな闇がある。夫が抱いてくれない、セックスに不満がある――家庭円満の要でもあるだろう夫婦生活に不満を抱いてしまうと、ほかで発散したくなるのは男も女も同じだ。

特に弥生の話は実に興味深い。四十歳を目前にしたパート勤務の弥生。夫と二人の子どもに恵まれているが、彼女も不満を抱えていた。それは、オーガズムを知らないこと。女として熟してもいい年齢のはずが、夫とのセックスは年に二回ほど。しかも酔っ払った勢いでのおざなりのセックスだ。

性生活に寂しさを感じていた弥生は、パート先の同僚に教えてもらった出張ホストを頼む。ボウリングなどの健全なデートを経験し、三度目のホスト遊びの末、セックスでオーガズムに達することができる。

快楽への扉を開けた弥生に、いままで封印していた性欲が洪水のように押し寄せてくる。セックスがしたい——決して安くない出張ホストを呼び出してはラブホテルへ行き、何度も絶頂を迎える。

そんな弥生の前に、靴職人をしている男が現れる。ひょんなことから彼と知り合いになった弥生は、彼の工房で快楽に溺れる日々を過ごす。彼女がセックスに落ちていく様子は娘の目から見ても明らかだった。「お母さん、恋してるの?」。娘にそう尋ねられて、弥生は否定もせずに首を縦に振る。

このままでは壊れてしまう、頭のなかにはそう警笛が鳴り響いていても、弥生は快楽を求め続けていく。そして彼女は、思わぬ行動に出る……。


世間的に、弥生の行為はもちろん罪だ。しかし、夫の前ではセックスになど不満をもたない妻を演じ、子どもの前では性欲など皆無な母を演じる。安らぎの場であるはずの家庭が、仮面なしでは生きていけない場所になってしまったとしたら……そう考えると、筆者は彼女の行動を否定することはできない。

女の性欲は、こういった精神的な行き詰まりと表裏一体なのだ。だから男よりも性欲をこじらせてしまう。そして女の不倫とは、自分のなかで失われていく〝女〟の部分を満たそうとする行為でもある。不倫がばれても堂々としている女は、不倫を自分自身がどうありたいかを探る行為だと覚悟を決めているからなのかもしれない。


（〔文芸社文庫〕、文芸社、二〇一五年）

家庭ある男の自宅でセックスする昼顔妻
――『妻たちのお菓子な恋』があぶり出す、女の甘さと性
亀山早苗『妻たちのお菓子な恋――平日午後3時、おやつの時間に手がのびる』

二〇一四年に大ヒットしたテレビドラマ『昼顔――平日午後3時の恋人たち』（フジテレビ）以来、不倫をしている既婚女性が注目されている。実際、書店ではドラマから生まれた〝昼顔妻〟という言葉を使用した本も目立つようになった。この『昼顔』以前、不倫に走る妻の存在がメディアに取り上げられたことがなかったわけではないが、それでも世間では、「不倫＝男性のたしなみ」というのが暗黙の了解だった。それが、このドラマによって覆された。

『妻たちのお菓子な恋』は、婚外恋愛経験者である六十六人の既婚女性たちの告白本だ。十人十色の不倫劇が赤裸々につづられていて、各話の最後には著者である亀山早苗からの〝教訓〟も書かれている。十六年もの間、数えきれないほどの不倫・婚外恋愛経験者の話を聞いてきた亀山ならではの鋭い視点による教訓は、まさに「失敗しない婚外恋愛」のテクニックなのだ。

本書では数々の事例が、出会い、デートなどの各シチュエーション別にカテゴリ分けされている。例えば「出会い・相手選び編」にある、三十九歳の女性の略奪体験談。安定した結婚生活を送っている女性が、ひょんなことから同僚の彼氏を奪ってしまう。きっかけは、彼に対して性欲を感じたこと。

年齢が近い彼と音楽の話で意気投合するうちに、同僚の彼氏としてではなく〝男〟として彼を見てしまった。数カ月後に、同僚は彼と別れてしまうのだが、彼女との一夜が引き金になったのかは定かではない。

「彼の家へ行く」などという、婚外恋愛としては考えられないほど大胆な行動をとっている体験談もある。相手の妻が帰省中に、彼の家でセックスを楽しんだ三十八歳の女性。そこには、ダブルベッドのほか、仲睦まじい家族写真などが置いてある。相手の家庭に忍び込んでセックスをする――婚外恋愛のタブーを犯した彼女は、以後、恋人と会っていないそうだ。

このように婚外恋愛をしているなかで、必ず問題になるのがセックスだ。高校時代の友人と再会した女性は、いつの間にか彼と深い仲になってしまう。お互い家庭がある身だが、嫉妬深い彼は「家ではしない」と宣言する。彼女も彼の思いに応えるように、夫の誘いを拒み続けるが、結局は応じることになる。

これらのエピソードに対して、亀山は、「恋愛か遊びかを自覚すること」「彼の暮らしを見ることはリスクが高い」「彼との関係を続けたいのなら家庭内でのセックスも受け入れる」と、鋭くアドバイスをしている。

本書は、表題にもあるように婚外恋愛とは〝お菓子〟だと唱えている。そう断言できるほどに、現在の婚外恋愛体験者の女性は、家庭外での恋を〝楽しむもの〟と受け止めているのだろう。守るべき家庭があるからこそ、ちょっとだけつまみたい〝お菓子〟としての婚外恋愛を求めているのだ。

しかし本書を読むと、それを頭では理解していても行動が伴わないという女の性《さが》も見え隠れしている。収録されている事例はすべて失敗談であり、夫や身内にばれたり、読んでいてヒヤリとする、〝お菓子〟とはとても呼べないような体験談ばかりなのだ。そんな彼女たちに対する亀山の教訓は、メールのやりとりの仕方はもちろん、香水について、また相手の男性との別れ方にまでいたり、正直「婚外恋愛って、そこまでばれないように気を使わなきゃいけないの?」と感じるものも少なくなかった。しかし恋をすると、それがたとえ〝お菓子な恋〟だとしても、やましいものではないと思いたい、第三者からも肯定してもらいたいという女心の片鱗がのぞくのかもしれない。それは同時に、女の恋愛に対する甘さにつながるともいえるだろう。

ここ数年、女性の社会的地位が向上して、自由になる時間やお金が増えた。だからこそ、結婚しても恋愛やセックスを貪欲に求める女性が増えたことも、ごく自然であるように思う。しかし、そこには必ずリスクが伴う。婚外恋愛という道を選ぶならば、守らなければならないことがある——「あとがき」にもあるように、亀山は決して不倫や婚外恋愛を推奨しているわけではない。しかし十六年もの間、数えきれないほどの禁断の恋を体験している人々の声を聞き続けてきたことで、彼女たちのやるせない性《さが》を誰よりも熟知しているのだろう。本書は、安易に婚外恋愛に足を踏み入れようとする女性たちの反面教師といえる一冊であるとともに、彼女たちに「やるんだったら腹をくくれ、うまくやれよ」と言っている本のような気がする。

(主婦と生活社、二〇一五年)

亀山早苗『妻たちのお菓子な恋——平日午後3時、おやつの時間に手がのびる』

〝大人になった元子役〟のセックスはなぜいやらしい？——官能小説での〝背徳感〟の作用

渡辺やよい「奥様は名子役」

二〇一六年二月、安達祐実が第二子を妊娠したというニュースがあったが、子役時代の彼女を知る者としては少々複雑な気分になる話題ではないだろうか。あどけない顔立ちに、オーバーオールとツインテールが印象的だった幼い頃の安達が、いまではバツイチの子持ちだという事実は、頭では理解できるけれど気持ちが追いつかない。筆者のなかでの彼女は、いまだに「オーバーオールとツインテール」なのだ。

しかし、男性には若い頃からテレビで活躍していた芸能人が大人になり、結婚や出産を経ることに、〝エロス〟を感じるファンも少なくないだろう。では、例えばもし、引退した〝元子役〟が大人になり、目の前に現れたとしたら、どういった反応をするのだろうか。

『隣の熟女妻』は、人妻が登場する五本の短篇が収録されたアンソロジー。その収録短篇の一つ「奥様は名子役」は、元有名子役の人妻が登場するというストーリーだ。

主人公の愛は、テレビドラマをはじめ、ＣＭでも大活躍していた元売れっ子子役だが、現役を引退して現在は専業主婦をしている。しかし、その生活は順風満帆ではなく、夫が経営している会社は、マルチ商法で摘発されて倒産。その後は仕事もせずに朝から酒浸りの毎日で、現在は貯金を食いつぶしたり、家財を売却したりして何とかしのいでいる。

そんなある日、愛の夫がとある男性を連れてきた。有名画家の絵画を見せるため自宅の二階にある寝室へその男性を案内した愛は、突然その男に襲われる。外から鍵をかけられ、逃げ場もなく抵抗できず、次第に男の愛撫に反応してしまう……。

愛を〝売った〟のは夫だった。夫の会社への出資と引き換えに、有名子役だった妻を売ったのだ。男に抱かれている間に口をついて出てしまった、出演作であるCMの決め台詞が、ますます男を興奮させた。

それ以来、夫はたびたび〝客〟を連れてくるようになる。ある日訪れた夫婦は、子役時代の愛のファン。愛は、その夫婦に交互に入れ替わりながらもてあそばれ、感じるたびについ昔言ったことがある台詞を口に出してしまう。こうしてますます彼らを喜ばせた愛は、さらなる官能の世界へと導かれていく――。


無垢だった幼い頃の愛は、私たちと同じようにさまざまな経験を経て大人になったが、彼女を買った人々は、画面の向こう側にいたあどけない表情の愛しか知らない。一生懸命演技し、笑顔を見せて視聴者である私たちを喜ばせてきた子どもが、大人の姿になり、愛撫に感じながら子役の頃の台詞を吐く――こうしたアンバランスさは、人に背徳感を抱かせる興奮材料になる。

現実にはなかなかありえないシチュエーションの本作だが、愛に対するように、異性のアンバランスな魅力に興奮するということは、男女を問わず誰もが一度は経験があるだろう。「ありえない」と

〝大人になった元子役〟のセックスはなぜいやらしい？

感じさせるファンタジックな世界観のなかにも、「ある」と思わせる性描写や心理描写の数々が盛り込まれている——本作は非常に官能小説〝らしい〟作品なのではないだろうか。

（渡辺やよい／真島雄二／うかみ綾乃／館淳一／鷹澤フブキ『隣の熟女妻——官能アンソロジー』〔河出・i文庫〕所収、河出書房新社、二〇一二年）

第5章　入門篇

官能小説ビギナーの方は、まずはこちらからどうぞ。官能小説というくくりに限らず、性を題材にしている作品を紹介しています。どれも読みやすく、おもしろい作品ばかりですので、官能小説への導入篇としてお楽しみください。

「後生ですから」で即緊縛！——SF官能小説「エロチカ79」に見る官能の新境地

森奈津子「エロチカ79」

あなたは、「官能小説」と聞くとどんな世界観を想像するだろうか。まるで人けがない地下室のような、陰湿で暗く、淫靡な雰囲気を思い浮かべる人が少なくないように思う。それは、昭和時代から存在しているいわゆる「旅列車のお供」としての官能小説の世界そのものだが、昨今官能小説の表現は多様化している。じっとりと読ませるスタンダードな官能小説とは正反対の、晴れ晴れとした明るくポップな官能小説も存在する。その一つが、『西城秀樹のおかげです』に収録された「エロチカ79」だ。

時は一九七九年、ヤンキー全盛期で校内暴力が問題視されていた時代だ。主人公の麻里亜は中学三年生の女の子で、セーラー服の袖をまくり、くるぶしまでの長いスカートを引きずり、授業をサボってカツアゲする日々を送っていた。

ある日、下級生の真面目そうな女子生徒にカツアゲしようとしていると、彼女は泣きながらこう言った。「後生ですから……」。すると、麻里亜と女子生徒の前に、生徒会長の智子が現れる。彼女は当時の大スター山口百恵に似た美人で、ヤンキーである麻里亜の敵だ。

そんな智子は突如、女子生徒をもてあそび始める。女子生徒のセーラー服を脱がし、スリップ姿になった体に指を這わせて、快楽へと導く智子。カツアゲしようと思ったら、突然妙な展開になってしまい、麻里亜はただただ呆然と二人を眺めることしかできなかった。

この「後生ですから」という言葉には、あるルールが隠されていた。それは、誰かがその言葉を発すると、智子がどこからともなく現れ、代償として「お金がないならば、体で支払う」ことになる……というルールだ。

「後生だから」ルールはとどまるところを知らない。担任教師は麻里亜に「後生だから」と更生してほしい旨を伝える。するとまたも智子が現れて、教師を縛り上げ、いたぶり、玩具をくわえさせる。そして教師は「麻里亜に真面目な生徒になってほしい」と懇願しながら、智子のプレイを受け入れるのだ。

また、麻里亜が脚の不自由な妹の久羅羅を思い、医者に詰め寄った際も同じことになる。麻里亜によって、襟元を強く締め上げられた医師もまた「後生だから」と口にする。すると智子が登場し、医師を緊縛、陵辱してしまう……。

あまりにも破天荒なストーリーすぎて、最初はこの作品をどう捉えればいいのか、頭を悩ませてしまう。しかし読み進めていくうちに、未知の世界に突き進むことを躊躇していること自体が、バカらしくなってくるのだ。

本作には、緊縛や大人のオモチャなどといった、わりと過激な描写がたくさん盛り込まれていて、ともすればダークになりがちなモチーフだらけなのに、読者を笑わせ爽快な気分にさせるような表現になっている。

そんな「エロチカ79」の官能に対する発想の転換とそのおもしろさは、私たちに日常のセックスをも振り返らせる。「セックスは愛を確かめ合う美しいもの」という側面もあるけれど、別の視点から見れば、生活のなかでセックスほど痴態をさらすシーンもそうそうない。よだれを垂らして性器にむしゃぶりつき、ひっくり返った蛙のような姿で男を受け入れる姿は滑稽そのものだ。

それはたぶん、気づかなくてもいい事実である。けれどセックスの滑稽さをこっそり裏側から覗き込んでみるのも、官能を楽しむ方法の一つなのかもしれない。

(『西城秀樹のおかげです』〔ハヤカワ文庫〕、早川書房、二〇〇四年)

処女喪失をめぐる〝抜け駆け禁止〟――「蝶々の纏足」が描く、女子の複雑な人間関係

山田詠美「蝶々の纏足」

セックスに対して性欲が先行しがちの男と違って、女は好奇心が先行する場合が多い。その違いは、思春期の頃に顕著に出る。エロ本やAVで女の裸を見てストレートに欲情する少年たちとは異なり、少女たちはコミュニティー内で性への関心を育てるのだ。クラスのあの子が初体験をしたとか、夏休みにあの子に彼氏ができたというように、女同士の関係性のなかで、性についての情報を得て、同時にどちらが先に性体験をし、大人になるかをうかがい合っている。そこには、友情の裏返しとして、「抜け駆けしてはいけない」という思春期の女同士の束縛がある。

思春期の少女たちをみずみずしく描いた「蝶々の纏足」は、美しい少女・えり子に束縛され続ける地味な少女・瞳の物語だ。幼なじみの瞳とえり子は、周囲からは仲がいい親友同士に思われているが、実は瞳は、どこへ逃げようとしても行く手をふさぐえり子のことを疎ましく感じていた。

二人が知り合ったのは、五歳の頃。えり子は大きな屋敷に住み、人形のようにかわいらしい顔をしていて、赤やピンクの服が似合う女の子だ。対する瞳は、黒い服ばかり着ている。華やかなえり子のそばで、影のようにたたずむ瞳。彼女はえり子を輝かせるために、束縛され続けていた。

えり子はいつも瞳をいちばんに大事にしていたが、瞳が一歩先に出ようとすると即座に阻止する。

例えば、恋愛に関してだ。瞳は、八歳の頃に初めて好きになったクラスメートにラブレターを書き、えり子にだけその恋心を打ち明けていた。けれどえり子は、まだ「恋」というものを知らなかった。瞳が匿名で書いたラブレターは、クラスメートたちの前にさらされてしまう。差出人は誰かとうわさになると、えり子が名乗りを上げた。「それ、私が書いたのよ！」と。私より先に行くことは許さない――えり子は瞳にそう念を押したようだった。

二人は高校生になり、瞳は麦生という男子と付き合い始めた。瞳は麦生からさまざまなことを教わる。セックス、シャンソン、酒、タバコ。それは、すべてえり子が知らないものだった。その事実は、「ようやく、えり子に勝った」と、瞳を勝利の快感へと導いていく。

そんなある日えり子は、「瞳をひきずり込むな」と麦生に訴える。えり子がなぜそんな行動に出たのかといえば、「瞳が心配だったから」だという。そして瞳は、幼い頃から鬱積した気持ちをえり子にぶつけ、もう、逃がしてくれと願う。

長い間、えり子という呪縛に翻弄され続けていた瞳。彼女は男を知ることで、少女から女へと変貌し、えり子から解放されたと感じているように見える。しかしその実、瞳はえり子という足かせがあったからこそ、少女から女に脱皮できたのではないだろうか。えり子を疎ましく感じ、自分に自信をもてなかったことが、瞳を成長させる原動力になったとすれば、二人は互いに依存関係にあったと思えるのだ。

「セックスするだけでは、人は成長しない」ということは、瞳と麦生のセックスシーンから読み取れる。麦生は、セックスをしても〝少年のまま〟として描かれているのだ。それはやはり、瞳が成長できたのは、ただ麦生と体を重ねたからではなく、えり子の呪縛を消し去ることができたからであることを示しているのではないだろうか。

性と欲望が直結している男たちとは異なり、女はセックスをめぐる少し複雑な人間関係をくぐり抜けて大人になる。そんな遠回りを経験する女にとって、セックスとは、一筋縄ではいかない、けれど同時に魅惑的な行為となりうるだろう。

（『蝶々の纏足・風葬の教室』〔新潮文庫〕、新潮社、一九九七年）

〝親からの愛情の欠乏〟が女を風俗への道に進ませる？――風俗嬢の自叙伝に見る叫び 菜摘ひかる『風俗嬢菜摘ひかるの性的冒険』

ＡＶ女優をはじめとしたセックスをなりわいにする女性のなかには、〝愛情に飢えている〟人が何人もいるように感じる。例えば筆者の知人のＡＶ出演経験者は、幼い頃から父親にＤＶ（ドメスティックバイオレンス）を受けていて、男性に対する強い恐怖心とは裏腹に、「愛されたい」と強く感じるようになったのが、ＡＶ出演のきっかけだったという。ＡＶで大勢の男に求められることで、父親からの愛情の欠落を埋めようとしているのかもしれない。

ＡＶ女優や風俗嬢の自叙伝などを読んでいると、幼い頃にこのような深い傷を受けた点が共通している場合が多い。ここでは少し趣向を変えて、風俗嬢の自叙伝『風俗嬢菜摘ひかるの性的冒険』を紹介しようと思う。本書の著者・菜摘ひかるも、〝愛情に飢えている〟風俗嬢の一人だ。「不細工」と罵ってくる父親と、新興宗教にのめり込む母親に育てられた菜摘は、幼い頃から家族と離れて暮らすことを望んでいた。

そして高校二年生の頃、ついに親元を離れ、年上の女性と共同生活を開始。菜摘はこの同居人女性に強烈な愛情を抱き、彼女が大事にしている少女人形にさえ嫉妬し始める。そして同時に、彼女の願望をすべて受け入れ、高校生ながらもＳＭモデルをしたり、彼女の恋人に処女を捧げたり、３Ｐ（三人でのプレイ）を経験することになる。

それから菜摘は、キャバクラ、ヘルス嬢、ＳＭ女王、ストリップ、イメージクラブ、ソープ嬢と、性を売る商売ならばどんなものでも足を踏み入れていく。その先々で繰り広げられる菜摘と男たちとのやりとりは、あまりにもはかなく滑稽だ。ストリップ小屋で淫部を触られ「濡れてるね」とげすな笑いを浮かべる客に、菜摘は実はローションを仕込んでいることを思いながら、乾いた笑いを返す。性感マッサージ店に来ていた、女装癖をもつ常連客に衝撃を受けるも、店を一歩出るとその客のことをすっかり忘れてしまう。

すべては男の性欲を満たすためだけの行為と、どこか冷めた目線をもちながら、菜摘はいつも喜んで彼らを快楽へ導くための道具になろうとする一面ももっている。それはやはり、誰かに求められたいという願望からなのだろう。しかし「誰かに求められたい」「誰かに奉仕したい」という欲求を満たす、という点では、風俗以外の職業だって可能ではないか。実際、菜摘は高校を卒業してしばらくは、アパレル会社でショップ店員として働くかたわら、キャバクラ嬢でもあった。

そんな菜摘がショップ店員を捨てて、風俗の道へと歩みだしたのは、どこか「体を売ることで傷つく」ことによって「男に求められている」と実感しようとする、自傷行為にも似た感覚があったのではないかと筆者は推測する。

さらに、幼少時代、父親に「ブス」と罵られ続けて心に深い傷を作った菜摘は、ヘルスでの初めての客に「かわいいね、ありがとう」と言われたことが何よりうれしかったと言い、風俗勤務への意志を自覚したと語る。体を売る痛みと、客からの温かい言葉……そのどちらもがあったからこそ、菜摘は風俗の世界に深く身を投じていったのではないだろうか。

無数の男と体を交わした記録である本書。淡々とした語り口からは想像もできないような、愛を渇望する無言の叫びが聞こえてくるようだ。

（〔知恵の森文庫〕、光文社、二〇〇〇年）

『Red』が描く、不倫愛に陥ったセックスレス妻――彼女に感じる〝いとおしさ〟の正体とは？

島本理生『Red』

女というものは年を重ねるたびに、自分の欲望を解放することが難しくなる。そのきっかけになるのが出産だ。かつては街を歩けば楽しみばかり転がっていたはずなのに、ひとたび子ども連れになると、身勝手に楽しむわけにはいかない。子どもの手を引き、機嫌を取り、ぐずりだす前に早々に用事をすませて帰宅する……自由であるはずの外出はいつしか苦痛になっていく。もちろん、子どもをもつ喜びもあるが、子どもの成長を最優先にした生活を続けるうちに、家庭をまるで〝牢獄〟のように感じてしまう瞬間もあるのではないだろうか。

『Red』の主人公・塔子は、はたから見れば幸せをそのまま形にしたような環境にいる女性だ。イケメンの夫をもち、出産を期に会社を退職し、三歳の娘・翠と義理の両親とともに暮らしている。姑は塔子に対して理解があり、平穏無事に暮らしてきた。

かつては仕事をすることに生きがいを感じていた塔子。その仕事を辞めて、生活の中心は育児にシフトし、夫とのセックスも翠を授かったときになくなった。妊娠初期に「当分するのはやめるから」と夫に宣告されてから、三年間セックスレスで、塔子が夫に対してオーラルセックスをすることが習慣化した。

ある日塔子は、女友達の結婚式の場で結婚前に交際していた鞍田と再会する。当時二十歳だった塔子は、鞍田に〝性〟のすべてを教わった。その頃の自分がよみがえったように、塔子は鞍田と激しく抱き合う。十年の空白も感じさせないほどに彼女の肉体をほしがる鞍田の愛撫に、塔子は三年間封じていた欲望を解放していった。

この再会によって、いままで閉じ込めていた自分自身の欲求を再認識してしまった塔子。「妻」として「母」として、必死に自分を押し殺して平穏な日々を守ってきたが、転げ落ちるように鞍田との快楽に溺れていく。

色気がなかった唇に紅を差す、不倫関係に陥った塔子を読者はどう見るだろうか。きっと賛否両論だろうが、恋愛は誰かの賛同を得るためにするものではない。性に溺れながら、自分の感情に対しては冷静な塔子を見ていると、恋愛は突き詰めると、己の欲求を満たすための行為であることを実感する。

筆者は、目を背けていた自己の性欲に向き合うようになった塔子を、いとおしく感じてしまう。女は肩書に対して非常に敏感な生き物だ。例えば子どもをもつと「○○ちゃんママ」などのように呼び合い、あくまで母としての自分を生かす。その母の肩書を、社会的地位を保つための鎧と感じている女もいるように思う。けれど塔子は、その鎧を脱ぎ捨て、自分自身と真っ向から対峙し、苦しむことを選んだ。筆者はそこに、どこかたくましささえ感じてしまうのだ。

人は年を取ると、平穏な生活を望むものである。欲求を押し殺して凪のような毎日に埋没する人々のなかで、貪るようにセックスを楽しむ塔子を滑稽ととるか美しいととるか。本作はそんな問いを読者に投げかけている。

（中央公論新社、二〇一四年）

腐りゆくケーキが表す死——性描写がない『寡黙な死骸　みだらな弔い』が官能をくすぐるワケ

小川洋子『寡黙な死骸　みだらな弔い』

小説に〝官能〟を求めると、どうしてもセックス描写が最初に思い浮かぶけれど、実はセックスや裸以外にもそれを感じることが、ままある。

例えば、熟しきっていまにも枝から落ちそうになった柿をカラスがつつく様子。まるで女性器を指で突かれて、エクスタシーに達したときのような感覚を得てしまう。そんな些細な日常のなかに、官能を感じる読者も少なくないのではないだろうか。

『寡黙な死骸 みだらな弔い』には性描写はいっさいない。しかしタイトルに〝みだらな〟とあるように、この本につづられている文字を追っていくと、読者のなかに潜んでいる奇妙な官能が呼び起こされる。

舞台は、時計塔がある小さな街。十一作の短篇が織りなすこの本には、亡くした息子のためにショートケーキを買う女性、心臓を入れる鞄を作るために心臓を採寸する鞄職人、いつも何かをポケットに入れたまま忘れている内科医、拷問博物館を運営する男などさまざまな人物が登場し、いずれもグロテスクな〝死〟を連想させる物語が描かれている。

それははたしてどのような描写なのか、「洋菓子屋の午後」という作品から例をあげてみよう。新しく越してきた街のケーキ屋に入る女。彼女の息子は、捨てられた冷蔵庫のなかで折り畳まれたような形で発見されるという無残な死に方をしていた。彼女はそんな死んだ息子のためにショートケーキを買おうとするのだが、店員が見当たらず、そこで待つことにする。

彼女は、生き返ることがない息子とともに食べるはずだったショートケーキを持ち帰ってそのままにしていた。それは次第にクリームが溶け、脂が浮き出し、緑色のカビを帯びていくのだが、その

〝腐りゆくケーキ〟の描写が、人の死にゆく姿とリンクしていて非常に生々しい。

人は誰しも、目を背けたくなる事柄に対して強く反応してしまう。しかし、このグロテスクな死の描写には、思わず拒否反応を示してしまいながらも、指の隙間からつい覗き見をしてしまいたくなる衝動に駆られるのだ。その感情は官能にも通じるように思う。

十一の作品のなかには、ほかにも食物や動物の描写が多くつづられている。手のひらをかたどったニンジンを食べる描写、ケチャップにまみれたハムスターの死骸、助教授のポケットのなかに入っていた舌など……やはりいずれも、一見目を覆いたくなる描写だけれど、小川洋子の文章にかかると、どれも美しく艶を帯び、死が危ういほどの怪しい魅力を放って、読者を引き付ける。そしてさらに人の官能までくすぐるのだ。

ストレートに体が感じる官能も楽しい。しかしこの作品のように、心の奥底が感じる官能に触れることもおもしろいのではないだろうか。

(『中公文庫』、中央公論新社、二〇〇三年)

男と女のセックスをめぐる〝負の感情〟を描く官能小説家が〝怪談〟を書く理由

岩井志麻子「いなか、の、じけん、じけん、の、いなか」

官能小説を書く女流作家の多くが、官能小説以外のジャンルでよく書いているのが「怪談」だ。筆者も怪談小説のなかに官能的な部分を見つけるたびに、その奇妙な類似を不思議に感じ、「サイゾーウーマン」の官能小説レビューでもたびたび怪談小説を紹介してきたが、もしかすると、作家自身には官能と怪談というものの境界線がもっと曖昧なのかもしれない。

『女之怪談』は、花房観音、川奈まり子、岩井志麻子の三人の女流作家による怪談アンソロジー。普段は官能小説などの媒体で生々しい女性の人生をつづる彼女たちの、実話の怪談話が収録されている。読みやすい短篇が多数収録されているなか、筆者が最も興味深かったのは岩井志麻子の「いなか、の、じけん、じけん、の、いなか」である。岩井の知人女性「瀬戸さん」の出身地である、とある田舎町の物語だ。

彼女が育った「島民全員が親戚」という小さな離島には、ある言い伝えがあった。島民たちが島に流れ着いた一人の遊女を助け、面倒を見るようになると、島民が次々と病に侵され、作物が育たなくなった。島に異変が起きたのはその女性のせいだと感じて、島民は女性をいけにえにしたが、結局男たちは全員死んでしまう。恐怖を感じた女たちは、赤ん坊を連れて次々に島を離れて本土に渡った。生き残った子孫が島に戻り、子が増えたというが、その島はいまでは無人島になっている。そして「瀬戸さん」は、自分自身をその遊女の生まれ変わりだと信じているのだ……。

岩井も本書で述べているように、田舎にはさまざまな言い伝えや突拍子もない話が転がっている。

人々が寄り添うように小さな土地に集い暮らすうちに、彼ら／彼女らが発する情念をその土地が吸収するのだろう。ドロドロとした感情が小さな島に蓄積し、たまり続けることで、いつしか嘘か本当かの境目がわからない話が生まれ出る。

筆者が官能小説と怪談に共通する点だと感じるのは、〝思い〟がいびつに形を変える、という部分だ。

例えば、官能小説を読んでいると、「女はセックスをすると相手に対する感情が芽生えやすい」という描写がよくある。自分の体内に他人を受け入れる「セックス」という行為は、女にとっては男にとってほど簡単な行為ではないのだろう。女はセックスをした男に恋心を抱き、彼を思うが成就せず、その肥大する思いによって「苦しい」という感情を胸に抱き始める。いつしかそれは制御がきかなくなり、徐々に女は相手を困らせるようになるのだ。

例えば、恋人がいる男性に発する「彼女と別れてくれなきゃ死ぬ」という言葉。たとえ本心ではなかったとしても、その言葉は相手の男性を勝手に支配する。男は、何度電話をかけても女が出なかったとき、「もしかしたら、本当に死んでいるかも」という妄想に駆られ、自責と恐怖にさいなまれるだろうし、一方女も「死ぬなんて言わなければよかった」と、同じく自己嫌悪に陥るだろう。愛情は、ときとして恐怖へと形を変えるのだ。

官能を書き続け、誰よりも男と女の負の感情に敏感な彼女たちがつづる本書は、官能と怪談が表裏一体だと教えてくれる。

（花房観音／川奈まり子／岩井志麻子『女之怪談――実話系ホラーアンソロジー』〔ハルキ・ホラー文庫〕所収、角川春

樹事務所、二〇一五年)

江戸時代の女が夫の殺人計画を立てるまで——『真昼の心中』に感じた不倫する女の〝絶頂〟

坂東眞砂子『真昼の心中』

女にとって、不倫の恋のつらさは今も昔も変わらない。現在では「婚外恋愛」という「不倫＝恋愛」と位置づける言葉もでき、不倫の敷居は低くなりつつあるが、女が不貞をはたらくことがご法度だった時代には、「あの世で結ばれよう」と心中を図る恋人たちも多くいた。現世で結ばれないのなら、来世で一緒になろう——昔の男女は命懸けで相手を愛していたようにも感じられる。

『真昼の心中』は、江戸時代に実在した事件をベースに、著者自身の解釈を加えて執筆された物語だ。七話収録の本書で表題作になっている「真昼の心中」の主人公・熊は、日本橋に店を構える白子屋の一人娘。街で評判の器量よしで、店に五百両を融資してくれるという男、又四郎を婿にもらうことになる。

しかし熊には愛し合う男がいた。熊の店で働く忠八である。熊は又四郎との結婚を拒絶していたが、母に泣きながら説得された。「持参金の五百両で店がうまく回るようになったら、さっさと追い出してあげる。その後、忠八と晴れて夫婦になればいいんです」。実は熊の母親もまた、熊と同じように婿をもらいながらも不倫関係を続けているのだ。

坂東眞砂子『真昼の心中』

母にアドバイスを受けた熊は、政略結婚をしてからも忠八との関係を続けていた。二年後、又四郎との間に子どもが生まれ、白子屋は何とか持ち直す。しかし、自分自身が美しいことを自覚し、身の回りのものすべてを美しく飾る熊にとって、外見・内面ともに「つまらない」又四郎の存在は、いつまでたっても気に入らないものだった。やがて熊は、忠八との心中を企てる。

呉服屋で心中のときに着る着物を仕立て、準備万端になったとき、熊はさらし場でさらし者になっている女性を見る。そこにいたのは、心中をして生き残ってしまった二十歳過ぎの女性だった。

そんな見世物になった女性を見たとたん、心中計画から夫を殺す計画に予定を変更した熊の心情は非常に生々しい。恋愛する女というものは、陶酔しているときには自己犠牲もいとわないが、ふと現実に戻ったときには、手のひらを返したように我が身を守る。熊が、全裸で大勢の目にさらされ笑われるくらいならば殺人者になろうとしたのは、必然なのかもしれない。

不倫という禁断の恋は、酔っているときこそが絶頂である。それは、頭のなかが真っ白になり、体の輪郭を失うようなセックス時の感覚にも共通している。しかし、その陶酔を〝持続〟させるにはどうすればいいのか……殺人者へと転じかけた熊を見ていると、その結末はやはり「あの世で結ばれる」しかないのかもしれないと思えた。

（集英社、二〇一五年）

「虫を踏み潰す」女子大生と「それを見る」教授
――フェチ行為の切なさを描く『こじれたふたり』
坂井希久子「かげろう稲妻水の月」

自分では普通だったつもりが、友人との会話のなかで、それが「普通ではなかった」と知ることがある。ヌーディズムなどはわりと一般的な例だろうか。筆者には「風呂上がりは家族全員裸だった」という話を複数の友人から聞き、驚いた経験もある。

「こうしていると気持ちいい」と快楽を追求していくうちに、ごく自然にそういったフェチにたどり着くのだろう。さまざまな方法で「気持ちよさ」を探索する私たちは、性的な快楽にとらわれているようにも感じられる。『こじれたふたり』は、変わったフェチシズムをもつ人物が登場する短篇集だ。

そのなかの一編「かげろう稲妻水の月」の主人公は、一見ごく一般的な女子大生。だが彼女は、通っている大学の柿崎教授との間にとある秘密をもっている。

ある日、再テストのお願いをするために柿崎教授を訪ねた主人公は、再テストのかわりに「シュークリームを踏んでほしい」と柿崎教授に頼まれる。彼女が椅子から立ち上がり、床に置いてあるシュークリームをハイヒールで踏み潰すと、柿崎教授はクリームがたっぷりついた靴を舐めるわけでもなく、そのあと主人公を抱くこともなく、その様子をじっと見届けてから、満足そうに「お帰りなさい」と、退室を促した。

その一件から、主人公と柿崎教授の奇妙な関係が始まる。実は柿崎教授は、ゴカイやカマキリなどの小さな昆虫を踏み潰させ、その様子を至近距離で眺めることで快感を得るというフェティシズムをもっていた。あらゆる場所へ行き、あらゆる虫を踏み続ける主人公と、それを眺める柿崎教授。彼はその惨殺現場に性的な快楽を、一方で主人公は命のはかなさを感じていた。

主人公は中学二年生のとき、突然父親を亡くした過去をもつ。頭を打った翌日に亡くなった父を見て、人が死ぬことのあっけなさを感じ、その空虚な思いを埋めるように誰とでも寝るようになった。柿崎教授が髪をなでる仕草や些細な言葉の節々に、亡き父の姿を重ねる主人公は、次第に男としての彼に引かれ、主を失った父の書斎で、柿崎教授を思いながら自慰行為にふけるようになる。そんな奇妙な関係の二人は、ある日遠出をして阿波踊りを見にいくことになるのだが……。

虫を踏み潰させるという行為によって快楽を得る柿崎教授。しかし、踏み潰す側の主人公にとって、それは、「父の死から解放される行為」だったのではないだろうか。

二人で同じ行為をおこないながらも、柿崎教授は死を求め、主人公は死から解放されて柿崎教授とつながることを求める……そんな対極の感情を抱いているのが非常に興味深いのだ。それはつまり、行為の相手が「虫を踏み潰す女性」ならば誰でもいい柿崎教授とは違い、主人公にとってはその行為の相手こそが重要ということ。もっと言うと、柿崎教授は一人でも成立する快楽を、主人公はこの二人だからこそ成立する快楽を求めていたことになる。

利害関係は一致していても、決して交わることができない二人のゆがんだ関係は、壮絶なラストシーンにつながっていく。主人公の柿崎教授に対しての報われない思いは、読み進めていくうちに胸が苦しくなる。この物語は、悲しくこじれながらも、純愛ストーリーだと筆者の目には映った。

（『こじれたふたり』〔文春文庫〕、文藝春秋、二〇一三年）

渋谷の街なかでの性器露出、女装プレイも――『水を抱く』の過激シーンが切ないワケ
石田衣良『水を抱く』

女がセックスをする理由は、ある意味二つある。一つは「生きる」ためのセックスだ。愛する男に抱かれて幸せな気持ちになったり、男に奉仕され、こちらも奉仕することで喜びを分け合う。あるいは行きずりの男と純粋にセックスだけを楽しみ、あしたを生きる糧にする人もいるだろう。

そしてもう一つは「死ぬ」ためのセックスである。恋人と別れたとき、どうしようもなく自暴自棄になっているとき――自分のなかに潜む〝負の部分〟をえぐり出すように、どうしようもない男とどうしようもないセックスをしたくなる。自殺願望にも似た感情が生まれ、体がバラバラになりそうなほどにもてあそばれたくなるのだ。

しかし、死とセックスを同時に渇望する女性には、「ボロボロになりたい」と思いながらも、どこか「希望を見いだしたい」という、対照的な思いの存在を感じてしまう。

『水を抱く』は、いやらしく純愛を描いている長篇小説である。主人公の伊藤俊也は医療機器メーカーで営業職についている二十九歳。結婚を考えている彼女の心が自分から離れていることを直感した俊也は、とある人生相談サイトを利用する。そこで「ナギ」という年上の女性と知り合い意気投合し、実際に会った彼女に頬を舐められたことをきっかけに、二人は奇妙な「恋人同士」の関係へと発展する。

背が低く、いつも黒い服だけを身にまとい、声をかけられれば誰とでも寝る奔放な女ナギは、まるで幻のように俊也の前に現れては消えてしまう。携帯の番号とメールアドレスしか知らない彼女との交際は、いままで俊也が経験してきたものとはかけ離れていた。渋谷の真ん中で性器を露出するように、また女装をするように強制されたり、いやらしい写真を送り付けられたり、秘密クラブでスワッピングまがいのことをしたり――それは「挿れない」行為ばかりで、ナギは決して俊也自身を受け入れようとしない。俊也は「ひとつになりたい」と懇願するが、ナギはまるで挿入することが「禁忌」であるかのように、「私と寝ると死ぬ」と断固として拒絶するのだ。これまで経験したことがない交際に翻弄される俊也――ナギとのプレイが好きなのか、それともナギ自身が好きなのか、彼自身もわからずにいた。

ある日、俊也の自宅マンションに、「その女は死神だ」と書かれた一通の手紙が届く。手紙の送り主である見えないストーカーに怯えながらも、ナギに引かれる気持ちは止められない。俊也はストーカーの存在をナギに伝え、その後も奇妙な交際を続ける。

やがて、俊也は上司から、医師である島波のクリニックとの契約を取り付けろと命令される。数回の商談のうちに、俊也は次第に島波と親しくなっていったが、彼は俊也の「心の闇」、すなわちナギとの異常な行為で目覚めた性癖に気づき始めた……。

真っ黒い服に身を包み、笑顔で過激なプレイを楽しむナギ。そんな性に奔放な彼女は、自ら進んで何らかの罰を受けているように感じられた。ラストシーンで彼女の秘密が明らかになるのだが、それを読むと、ナギが抱いている深い闇に対して俊也は一筋の光だったことに気づく。その対比に強く心を打たれてしまった。

ナギだけではなく、ある程度年を重ねた女性は、知られたくない秘密の一つくらいは抱えている。しかし、男はそういった女の闇の部分を軽く考えがちで、曇った表情や、暗い文面のメールを送ると、すぐに「どうしたの？」と尋ねてくるが、それに百パーセントの本心を打ち明けられる女は少ないように思う。自分のなかにある闇を知ってほしいと思いながらも、男を巻き込みたくないのかもしれない。

「自分といるといけない」と感じたとき、自分よりも先に男を守る女と、皮肉なことに、最終的にはやっぱり自分自身を守る男。男は弱いと知りながらも、「守ってほしい」とかすかな希望を抱いてしまう――そんな女の葛藤を感じられる一冊である。

（新潮文庫）、新潮社、二〇一六年）

居場所がない主婦が週に一度だけ寝る男——『うたかたの彼』に見る、真の理想の男像
吉川トリコ「ウェンディ、ウェンズデイ」

女だという事実があるだけで、生きにくいと感じることが多い。いちばんわかりやすい例は〝生理〟だろう。月に一度は必ずやってくるその現象が原因で、強い痛みやPMS（月経前症候群）などを抱える女性は数えきれないほど存在している。

そして、女は〝一人〟でいることが社会的に許されにくい。独身女性の数は増えているものの、ある程度年を重ねても結婚していない女性は「変わり者」だと周りから白い目で見られる。しかし、結婚をしても出産をしなければ、今度は身内から「子どもは？」とつつかれる。子どもを産んでも、子育てや教育に文句をつけられることだってあるのだ。

そんなふうに周囲から無言の圧力をかけられては耐えるうちに、女は心にぽっかりと穴が空いてしまう。誰かに埋めてもらいたい、そんな心の穴をもつ女性は少なくないのではないだろうか。

『うたかたの彼』は、そんな〝穴〟をもつ女性たちが登場する六編の小説からなる一冊である。本書収録の作品には共通して、不思議な男性ヒトリが登場する。例えば、独身ライターの主人公・鏡子の話では、クリスマス当日に鏡子に買われるデリバリーホストとして。買い物依存症の主人公・奈緒の話では、ボロボロの服装にシャネルのバッグを背負っているところを、奈緒に拾われる男として。そ

して、平凡な主婦・真知子が主人公の「ウェンディ、ウェンズデイ」では、彼女と週に一度だけ寝る男として登場している。

夫と子どもをもつ真知子のひそかな秘密は、水曜日の日中にヒトリに抱かれることだ。彼女はカルチャースクールのシナリオライター養成講座に通っていたのだが、同じ教室に通う生徒たちの雰囲気になじめずにいた。専業主婦やフリーターの女性たちであふれるそこには派閥ができ、真知子はどこにも属することができず孤立していたのだ。また家庭でも、高校生になる息子は何を考えているかわからず、どう接すればいいのかもわからない。真知子はどんな場にいても窮屈さを感じているのだった。

そんなとき、彼女はひょんなことからヒトリに出会う。四十代を目前にした真知子から見れば〝若い男〟であるヒトリと成り行きでベッドをともにし、以来、カルチャースクールの講座の時間帯に、ヒトリに抱かれるようになった。

ヒトリと会うときにはよそいきの化粧をする真知子に対して、近所の主婦は好奇の視線を向ける。家庭、カルチャースクール、そしてご近所からも浮いてしまった真知子にとって、週に一度、ヒトリの部屋で手料理を振る舞い、おいしそうに頬張る彼の姿を見ているときだけが、唯一の救いだった……。

真知子を取り巻く日常の窮屈さは、私たち女にとって共感できる部分が多いような気がする。〝調和〟を重んじる女同士の付き合いは想像以上に重荷なのかもしれない。

調和を崩さないために、表では笑顔を見せて取り繕いながら、心に穴を空けている女たち。それを埋められるのは、生活に無関係な「男」ではないだろうか。真知子をはじめ、この物語の登場人物である女たちは、自分の悩みを明確にできず、ただぼんやりと悩み、心の隙間を埋めようともがいている。そうしたつかみどころがない不安や悩みを埋める相手は、生活に無関係な男なのだ。それぞれの相手のヒトリという男には、ある意味女たちの真の理想が投影されているのかもしれない。

（『うたかたの彼』〔実業之日本社文庫〕、実業之日本社、二〇一五年）

巨根は「ユーモアポルノ」！——女流官能小説家の指南書に見る、〝女だからこそ〟の妙
藍川京『女流官能小説の書き方』

官能小説はもちろん、読書好きであれば一度は「書き手」にあこがれた人も少なくないのではないだろうか。筆者もその一人で、どこに発表するわけでもない小説を自由に書いてみたり、小説を書くにあたっての前知識を指南する、いわゆる「小説ハウツー本」を何冊か読んだことがある。

これまで数々の官能小説を紹介してきたが、読者のなかには「官能小説家になりたい」という願望を抱く女性も少なからずいることだろう。現在の官能小説業界では、女性の活躍が非常に目覚ましく、官能小説家デビューの登竜門である団鬼六賞では、第一回（二〇一〇年）の大賞、優秀作がともに女性、第二回（一一年）の大賞も女性が受賞していて、彼女たちは、現在でも小説業界の第一線で活躍している。では、女性が官能小説家になることの魅力とはいったい何だろうか。

『女流官能小説の書き方』は、四半世紀もの間、官能小説家として活躍している藍川京が執筆した、女性のための官能小説指南書である。一般的な官能小説を書くための心得はもちろん、女性ならではの視点で「女が書く官能小説」を指導してくれている。

本書は四章で構成されていて、どの章にも女性として大きくうなずいてしまう指摘が多々書かれている。例えば、男性官能小説家の作品でときどき登場するのが、処女を喪失直後のセックスで、すぐにエクスタシーに達するシーン。これを藍川は「ありえない」と一蹴する。

また、男性にありがちな〝巨根＝女性が喜ぶ〟という妄想にも警笛を鳴らす。小柄な女性が巨根をぐいぐいと挿入されても快楽には結び付かない、むしろ苦痛である、と。藍川は、自らの体で感じて「気持ちいい」と思う行為を作品で表現しているからこそ、巨根については「ユーモアポルノ」と位置づけ、女性にとっては決していいものではないと指摘しているのだ。こうした着想は、身をもって巨根を知ることができる女性でなければできないだろう。

しかし必ずしも「経験だけが筆を進ませるわけではない」とも藍川はつづっている。第三章「官能小説の書き方」では、登場人物のキャラクターの組み立て方を書いているのだが、セックスの体験だけではなく、より多くの人間を観察することを通して、作者自身がさまざまな人物になりきり、執筆すべきだと語る。冒頭でも藍川は「性愛を妄想すること――それが官能作家の仕事だ」と述べているのだ。

藍川自身の体験談をベースにした「官能小説家になるために」という最終章では、官能小説家志望の人にアドバイスを送っている。この職業は想像以上にハードな仕事だ。日々締め切りに追われ、作品を発表し続けるために毎日のように妄想をし、書き続ける。非常に孤独な作業だという。しかしそこには、「自分の筆で、大勢の人を淫らにさせる」という甘美な夢があるというのだ。

自分が妄想して生み出した人物に共鳴し、指一本も触れずに不特定多数の人物を淫らに感じさせるという行為は、官能小説家以外になしえないだろう。それこそが官能小説家にとって最高のエクスタシーであり、次回作を書くための糧になっているのかもしれない。

世の中の見ず知らずの男性たちを絶頂へと導くことができる。現実ではなかなかなしえない究極の征服欲を満たすことができるのは、女流官能小説作家ならではの魅力ではないだろうか。

（『幻冬舎新書』、幻冬舎、二〇一四年）

[著者略歴]
いしいのりえ（いしい・のりえ）
イラストレーター、ライター
著書に『女子が読む官能小説』（青弓社）
「サイゾーウーマン」で官能小説レビューを連載中

性《せい》を書《か》く女《おんな》たち　インタビューと特選小説ガイド

発行………2016年8月22日　第1刷
定価………1600円＋税
著者………いしいのりえ
発行者……矢野恵二
発行所……株式会社青弓社
〒101-0061 東京都千代田区三崎町3-3-4
電話 03-3265-8548（代）
http://www.seikyusha.co.jp
印刷所……三松堂
製本所……三松堂

ISBN978-4-7872-9235-3 C0095

いしいのりえ

女子が読む官能小説

官能小説を読み込んだ著者が60作を厳選してその魅力を紹介。フツーを超えるセックス、アブノーマルな性癖、危険な性など、お好みの作品がきっと見つかる官能小説への招待状。　定価1600円＋税

守 如子

女はポルノを読む

女性の性欲とフェミニズム

レディコミやBLを読み、読者投稿の分析なども交えて、ポルノ＝女性の商品化論が隠している女性の性的能動性を肯定し、ポルノを消費する主体としての存在を宣言する。　定価1600円＋税

西村マリ

BLカルチャー論

ボーイズラブがわかる本

読者と作者の境界線を溶解させて人々を魅了するBL。男性同士のラブストーリーになぜ女性はハマるのか。歴史、基本用語、攻め×受けのパターンなどの基礎知識をまとめる入門書。定価2000円＋税

馬場伸彦／池田太臣／河原和枝／米澤 泉 ほか

「女子」の時代!

「女子」はなぜ一気に広まり定着したのか。ファッション誌、写真、マンガ、音楽などの素材から、従来の規範から軽やかに抜け出した「女子」のありようを活写する新たな女子文化論。　定価1600円＋税